二見文庫

美人キャスターと女性弁護士

真島雄二

目次

美人キャスターと女性弁護士

第一章　女子更衣室

1

テニス部の二人の女の子はどちらもオーソドックスな白のテニスウエアを着ており、清純でさわやかな印象を受けた。おまけに、白い布地は透けやすい。練習を終えたばかりということもあり、汗をかいているため、なおさら透けやすくなっていた。

実際、片方の女の子は後ろ向きになると、ブラジャー全体が白いテニスウエアにくっきり透けているのを確認することができた。

「練習の後片付けをしていたら、すっかり遅くなっちゃったわね」

「早く着替えて帰りましょう」

建物の外にいる吉崎《よしざき》俊介《しゅんすけ》の耳に部室の中からそんな会話が聞こえてきた。窓が開けっぱなしになっているのだ。こんなところから覗く者などいないと思っているのだろう。俊介は足音を忍ばせてぎりぎりの距離まで接近し、息を潜めて本格的に覗きを開始した。

この高校は小高い丘の中腹にあるので、それほど田舎というわけではないのに、まわりには自然が多く残されている。学校の裏手にはちょっとした林があり、今、俊介がいるのはその林の中だった。

そこはテニス部の部室の中を覗くには絶好のポイントだった。特にそこだけ背の高さほどの低木が密集して生えているので、窓にかなり近い場所にもかかわらず、ちょうどその木陰に身を隠すことができるのだ。林の中に入ろうとする人間など滅多にいないから、見つかる危険性はまずないだろう。

運動部の部室は林に面して校舎の裏側に並んでいた。林の中に人がいるとは誰も思わないから、女子部員たちもあまり警戒していない。それでこんなに堂々と覗きをすることができるのだ。

しかし、俊介はテニス部の練習を最後まで眺めていたため、この場所に向かうのがちょっと遅くなった。その上、この裏の林へは校舎を迂回《うかい》しなければならず、たどり着くのに予想以上に時間がかかってしまった。

そのせいで、大部分の部員たちは既にテニスウエアから制服に着替え終え、部室から出ていってしまっていた。今、残っているのはこの二人だけだ。しかし、テニス部の可愛い女の子たちの着替えを覗くことができるなら、それでも十分だった。

「ウエアが汗びっしょりで気持ち悪いわ」

彼女たちのテニスウエアには、放課後の練習でかいた汗がたっぷり染み込んでいる。俊介はその匂いを嗅いでみたいと思った。だが、ここからではさすがに彼女たちの汗の匂いを嗅ぐことはできなかった。

俊介が木の枝葉の間から覗いていると、すぐに彼女たちは着替え始めた。見られていることも知らず、テニスウエアを脱ぎ捨てると、上半身ブラジャーだけの格好になってしまう。

二人ともブラジャーの色は白だった。ほかの色だとテニスウエアに透けて目立つからだろう。どちらもスレンダーな体つきをしていたが、バストはちゃんと膨らんでおり、特に片方の女の子はそれなりに胸が大きかった。

バストが大きい方の女の子はごく普通のデザインのブラジャーをしていた。肌は色白であまり日焼けをしていなかった。もう一方の女の子の肌は淡い小麦色に焼けており、スポーツブラを着用していた。練習のときにはスポーツブラの方が動きやすいのかもしれない。

「このウエア、帰ったらすぐ洗濯しなくちゃ」

あのブラジャーにも女の子たちの汗が十分に染み込んでいるに違いなかった。それに、カップの内側には彼女たちの生《ナマ》の乳房や乳首がじかに接触しており、その匂いも染みついているはずだ。何とかしてその匂いを嗅ぐことはできないだろうか。

「ねえ、詩織《しおり》、窓開けっぱなしだけど、外から見られたりしないかしら」

不意に一人の子がそう言ったので、俊介はドキッとしてしまった。

「大丈夫よ。裏はすぐ林になっているから、せいぜい小鳥とかリスとか、動物たちに覗かれるくらいだわ」

もう一人の女の子のそんな言葉を聞き、俊介はホッと胸を撫でおろした。スポーツブラをした女の子は詩織という名前らしい。

「だけど、この前、盗撮事件があったじゃない」

「盗撮されていたのは女子更衣室よ。それに、盗撮用のカメラは更衣室の中に仕掛けてあったらしいから、外から覗かれたわけじゃないのよ」

彼女たちが話していることは本当だった。女子更衣室というのは体育館の近くにあり、女子生徒が主に体育の授業の際に体操服に着替えたりするための場所だ。

少し前に、その女子更衣室で着替えをしている女子生徒の映像がインターネットのアダルトサイトに流れて、大きな問題になった。俊介はその映像を見ていなかったが、話によると、そこには女子生徒の顔は映っていなかったものの、着ている制服は間違いなくこの学校のものであり、場所は明らかに体育館近くの女子更衣室だったらしい。

何人かの教師が女子更衣室の中を隈なく調べたが、盗撮用の隠しカメラを発見することはできなかった。既に犯人がカメラを回収してしまったらしい。結局、誰がカメラを仕掛け、その映像をネット上に流したのかはわからずじまいだった。

女子更衣室にも裏の方に秘密の覗きポイントが存在し、俊介もこれまでちょくちょく女子の着替えを覗いていたが、盗撮事件のあとなので、前と同じように覗きをするのは危険すぎた。女の子たちの警戒も厳重になっており、もちろん無用心に女子更衣室の窓が開けっぱなしになっていることも少なくなっていた。

こんなときに覗きの現場を見つかったら、盗撮事件の犯人として疑われてしまう恐れがある。だから、俊介も今日は女子更衣室ではなく、テニス部の部室を覗こうと思ったのだ。部室なら女の子たちの警戒心も薄れており、見つかる可能性も少なかった。

テニス部の女の子たちの着替えはまだ続いていた。着替え方にもいろいろなパターンがある。詩織はスコートそのものを脱ごうとしていたが、もう一人の女の子はアンダースコートだけをまず先に脱ぐつもりのようだった。

詩織がスコートを脱いでしまうと、上はブラジャー、下はアンスコという格好になった。アンスコも白で、フリルがたくさんついている。

アンダースコートは生のパンティほどエロチックではないが、こういう形で見ると妙に興奮させられる。ブルマーと同じように露出度は低いものの、アンスコが丸出しになっているのはちょっといやらしかった。アンスコだけ身につけていると少々不格好であり、まるでオムツをしているような感じだった。

詩織の太ももは適度に張り詰めており、何だかなまめかしかった。女子高生らしい健康的な色気に満ちている。何しろ可愛い女の子の生足が惜し気もなくさらけ出されているのだ。

一方、もう一人の女の子はスコートよりも先にアンスコを脱いでいった。膝を曲げて片足ずつアンスコを脱いでいくとき、短いスコートがめくれて太ももが大胆に露出し、パンティまで見えそうになってしまう。俊介はその脱ぎ方に大きな興奮を覚えた。

　そのあと、詩織もアンスコを脱ぎ捨て、もう一方の子もスコートをおろし、ブラジャーとパンティだけの格好になった。二人ともためらうことなく、あっという間に完全な下着姿になってしまったのだ。

「下着だけになっちゃうと、ちょっと無防備な感じ」

「じゃあ、窓閉める？」

「いいわよ、美紀《みき》。開けとかないと、涼しい風が入ってこないもの」

　俊介の視線は彼女たちの下半身に釘付けになってしまった。アンスコとは違い、生のパンティはさすがに露出度が高かった。ハイレグカットというほどではないが、詩織も、もう一人の美紀と呼ばれた子もパンティが太ももの付け根にしっかりと食い込んでいる。

　少し日焼けしている詩織は、太もものアンスコに覆われていた部分は焼けておらず、そこだけ肌が白かった。淡い小麦色の部分と色白の肌のコントラストが絶妙だった。水着のあととはちょっと違う感じで、彼女の秘密を自分だけが見せてもらっているような気分になる。

　俊介はパンティの食い込んだ部分からアンダーヘアがはみ出してはいないかと

目を凝らした。思わず、木の枝の間から顔を出しそうになってしまう。

残念ながら、どちらの子もヘアのはみ出しを確認することはできなかったが、激しい運動をしたあとだけあって、二人ともパンティの食い込み具合はなかなかのものだった。股布部分の真ん中に卑猥《ひわい》な縦皺《たてじわ》が刻み込まれており、見ているだけでエロチックな想像が膨らんでしまう。

今、彼女たちの下半身を隠しているのは、あのパンティの布地一枚だけなのだ。パンティの内側には、ヴァギナがダイレクトにこすりつけられているに違いない。テニスの練習であれだけ汗をかいたのだから、ヴァギナを覆うアンダーヘアもすっかり湿ってしまっていることだろう。

俊介は彼女たちのパンティの匂いとヴァギナそのものの匂い、その両方を嗅いでみたいと思った。それから、二人の秘密の部分の匂いを嗅ぎ比べてみたかった。

「悪いけど、そこに置いたタオル取ってちょうだい」

下着姿になった二人は、カラフルなスポーツタオルで、首筋や胸元、脇の下の汗を拭き始めた。

俊介だって覗きがいけないことだというのはわかっている。しかし、それをやめることはできなかった。覗きをしていると相手の女の子のプライベートな秘密部分に接することができ、一方的なものだが、女の子との間の距離を縮めることができるような気がした。

俊介は中学生のとき、母親を交通事故で亡くしており、兄弟もいないので、現在、父親と二人だけの生活をしている。しかし、父は仕事が忙しく、俊介は一人でいることが多い。性格的にも内気で引っ込み思案なところがあった。

だから、俊介は異性と話をするのが苦手であり、自分から積極的に女子に声をかけたりしたこともなく、当然のことながら恋人もいなかった。同性の友達だってそんなに多くないのだ。それでも孤独を感じたことはないし、いつも一人で気楽にやっていた。

もちろん女性には非常に興味がある。男だから当たり前だ。雑誌のヌードグラビアならコンビニでいくらでも手に入るし、インターネットでエッチ画像を漁《あさ》ることもできるが、それでは何か足りないような気がするのだ。その足りないものを満たしてくれるのが覗きという行為だった。俊介にとって覗きは、生身の女性に接するための唯一の手段なのだ。

覗きをするようになったのは、中学生のとき、学校の更衣室で同級生の女の子が着替えているのを窓の外から偶然見てしまったのがきっかけだった。そして、どうしてももう一度見たくなり、思い切ってやってみると、意外に簡単に二度目の覗きも成功してしまった。それから、俊介は密かに覗きを繰り返すようになったのだ。

覗きというのはたいてい一人でこっそりやるものだが、そういう点も彼の性分に合っていた。

ただ見るだけで、盗撮したり、撮影した映像をインターネットで公開したりするわけではなかったし、もちろん誰かに覗きのことを喋《しゃべ》るつもりもない。覗かれていることを知ったら相手の女の子は恥ずかしいと思うだろうが、別に彼女たちに知られなければ直接迷惑をかけることにはならないだろう。

そう自分に言い聞かせてはいたが、罪悪感を完全に消し去ることはできなかった。いつか誰かに覗きをしているところを見つかってしまうかもしれないという不安が常につきまとっているのだ。

にもかかわらず、俊介は覗きを続けている。最初は主に女の子の下着姿を見るのが目的だったが、覗きを繰り返しているうちに、誰かに見つかってしまうかもしれないというスリルを覚えるようになっていたのだ。

そんなふうに危険と隣り合わせでこっそり女の子の着替えを覗いていると、それはドキドキするような興奮につながっていく。最近では覗きという行為そのものに加え、そうしたスリルや興奮も楽しむようになってしまっていた。

詩織と美紀は仲良くお互いの背中を拭き合っていた。それを見て俊介は、自分も彼女たちの汗を拭いてあげたいと思った。ついでに、脇の下から前に手を回し、柔らかそうな乳房を揉み揉みしてあげるのだ。タオルに染み込んだ新鮮な汗の匂いも嗅ぎまくってみたかった。

そういうことを想像していると、ブリーフの中でペニスがどんどん膨張してしまい、学生服のズボンの前が突っ張って痛いほどだった。俊介は我慢できずにズボンのファスナーをおろし、勃起したペニスを引っ張り出した。

反り返ったサオの部分を握り締め、ゆっくりとしごき始める。今聞こえるのは林の中で鳴いている鳥の声だけであり、誰かがこちらに近づいてきたとしても、注意していればすぐにわかるはずだった。

部屋の中でこっそりするのとは違い、こういう青空の下でマスターベーションをするのは開放的で気分がよかった。それに、たとえ暴発してしまったとしても、ザーメンが下草の上に撒き散らされるだけで、後始末をする面倒がない。

「水で濡らしたタオルで拭いた方が気持ちいいかしら」

「濡れたタオルだと、ちょっとヒヤッとするかもよ」

女の子が体を拭く姿というのは思った以上にエロチックだった。上半身を拭くときにはバストが悩ましげに揺れてしまうし、太ももの内側を拭くときには足を広げなければならない。無毛の脇の下も存分に見ることができた。俊介の視線はまるでテニスの試合を観戦するときのように、二人の体のいろいろな部分を行ったり来たりしてしまった。

やがて、詩織がもっと大胆なことを始めた。ブラジャーの中にタオルをさし入れ、バストを直接拭き始めたのだ。丸い乳房にかいた汗をていねいに拭き取っていく。

下着の中に手を突っ込んでいるので、ブラが浮いて隙間ができ、その隙間から円やかなバストラインのかなりの部分が見えそうになっている。サイズはそんなに大きくないが、乳房の形は非常に美しく、なまめかしい曲線を描いていた。

乳首は見えそうで見えなかった。たとえブラが完全にずれて、乳首が露出しそうになっても、今度はタオルで隠されてしまうからだ。あの拭き方だと、タオルがじかに乳首をこすっているに違いない。

詩織がスポーツブラの内側に突っ込んだ手を動かすと、柔らかな乳房の形が押されて歪んでしまう。俊介はその弾力性のある柔らかさを自分の目で確かめることができた。バストのサイズも手頃で揉みやすそうだった。

俊介のペニスは早くもコチコチになっていた。先端部分には大量の先走り液が滲んでいる。ペニスをしごき立てる指に垂れこぼれた先走り液が付着すると、そのぬめりですべりがよくなり、スムーズに手を動かすことができた。サオをしごく手の動きがどんどん速くなっていく。あまりマスターベーションに夢中になりすぎて、女の子たちに気づかれてはまずいと思ったが、俊介の息づかいは少しずつ激しいものになっていった。

「なかなか汗がひかないわね」

「汗がひくまで、もう少しこの格好のままでいればいいのよ」

それは俊介にとってラッキーな話だった。彼女たちが下着姿のままでいてくれれば、それだけ長く覗きを楽しむことができる。射精するまで際どい下着姿を披露し続けてほしいと俊介は思った。

一生懸命しごき立てているとペニスが反り返り、射精したいようなもう少し我慢したいような複雑な気持ちになってしまった。それは俊介のペニスが最終的な発射に向かって急速に突き進んでいる証拠だった。

美紀のブラはスポーツブラのように伸縮しないので、カップの内側に手を突っ込んでうまく汗を拭くことができないようだった。すると、彼女はかなり過激なやり方でバストの汗を拭き始めた。

何と彼女は汗を拭くためにブラのストラップをはずし、左側のカップをめくってバストを完璧に露出させてしまったのだ。

生乳があらわになってしまい、乳首もばっちり見ることができた。大きめのバストに比べると、乳首はかなり小さく、わりと初々しい色合いをしていた。薄桃色なので、乳首も乳輪も色白の肌に溶け込んでいるような感じだ。

覗きのときにこんなにはっきりと生乳を見ることができたのは初めてだった。普通、女の子たちは下着姿になったとしても、ブラジャーは滅多にはずさない。それが今、柔らかそうな乳房と乳首までもが堂々と披露されているのだ。

俊介は丸出しのバストを眺めながら、せっせとペニスをしごいてしまった。あまりに刺激的な光景に、射精するよりも先に、興奮しすぎて鼻血が出てしまいそうだ。むき出しになっているのは左の乳房だけだが、これなら両方見えなくても何度でも射精できそうだった。

美紀はバストが大きめなので、ちょっとタオルで拭くだけで揺れまくってしまう。やや固めのプリンかゼリーのようだ。巨乳というところまではいかないが、そのボリューム感には若々しい弾力性があった。

　彼女は円やかなバストラインに沿ってタオルを動かしていたが、乳首にはあまり触れないようにしているみたいだった。それだけ敏感なのかもしれない。乳首に直接触れなくても、バストの揺れが先端まで伝わって乳首が震えている。

　それから、美紀は胸の谷間や乳房の下側までタオルで拭いていった。そういうところには汗が溜まりやすいのだ。俊介は深い胸の谷間のちょっと蒸れたような匂いを是非嗅いでみたいと思った。

　タオルが胸の谷間に入り込んでいく。右の乳房はまだブラのカップに覆われているので、それほど揺れなかったが、むき出しになっている乳房は大きく上下左右に揺れ動いてしまった。

　乳房の下側を拭くときはバストを手で持ち上げるようにしている。俊介もあんなふうに大きめのバストを手の上にのせ、ボリューム感のある乳房の重みを手のひらで感じてみたかった。

「胸が大きくていいわね。ちょっと触っちゃおうかな」

「やめてよ、恥ずかしいわ……」

詩織が美紀のバストに手を伸ばし、その柔らかさを確かめるかのように乳房をつかんだ。つかまれた美紀は詩織の悪戯《いたずら》から逃れるために身をよじらせた。そのせいで、またもやバストが大きく弾んでしまった。

この二人の関係はただの友達同士だろうが、こんなふうに戯《たわむ》れているのを見ると、ちょっとレズっぽい感じがする。女の子が同性のバストを触るという行為が何だかエロチックなのだ。

テニス部の女の子たちの秘密のレズプレイ。勝手にそんな光景を想像していると、俊介の興奮は急上昇してしまった。ペニスをしごく手に力がこもり、亀頭が限界まで張り詰めてしまう。

このまま見続けていれば、もう片方の乳房を拭くために、そちらも披露してくれるのではないだろうか。あるいは、ブラジャーだけでなく、パンティも脱ぎ捨てて、股間の汗を拭こうとするかもしれない。そうすれば、アンダーヘアやそれ以上のものまで見られるかもしれなかった。

俊介は中学生のときからマスターベーションに励んでいるので、自分がどんなふうになったら射精してしまうか、それなりに把握していた。余裕があるときには、しごくのを中断することによって、射精までの時間を長引かせるようにした。

やはり男にとって一番気持ちいいのは射精の瞬間だが、発射寸前でそれを我慢するのも射精そのものとはまた違った気持ちよさがあった。自分で自分を焦らすという感じだろうか。だが、そういうときは油断していると射精してしまうので、焦らし具合の加減が難しかった。

しかし、今回は中断せずにこのまま射精してしまおうと思った。一度出してしまったとしても、うまくいけば、彼女たちが完全に着替え終わる前に、もう一回くらい射精することができるかもしれない。これほどのチャンスは滅多になかった。

美紀はまだていねいに汗を拭いていた。俊介は反り返ろうとするペニスを押さえつけるように握り締め、猛スピードでしごき立てた。サオの皮を根元の方に引きずりおろすようにして硬い芯の部分を摩擦する。

「ううっ……」

思わずうめき声が出てしまったが、彼女たちが気づく恐れはなかった。下半身に熱いものがこみ上げてきて、爆発の瞬間が急激に迫ってくる。ペニスを握り締める俊介の手は力強く動き続けていた。

ところが、そのとき、背後で足音のようなものが聞こえた。マスターベーションに没頭していた俊介はそれに気づくのが一瞬遅れてしまった。音は聞こえたが、それが何を意味するのかすぐには理解できなかったのだ。

「あなた、そこで何をやっているの？」

すぐ後ろで女性の声がした。聞き覚えのない声だった。誰だろうか。とにかく俊介はペニスをしごく手を止めた。

慌てずにペニスをしまい、ズボンのファスナーを閉めてから、何食わぬ顔で振り返ればよかったのだ。相手はまだ俊介がマスターベーションしていることに気づいていないに違いなかった。

しかし、自慰行為の真っ最中に見知らぬ女性に声をかけられ、俊介はすっかりパニック状態に陥ってしまった。全く頭が働かず、次にどういう行動をとったらいいかわからなくなってしまったのだ。

「早くこっちを向いて、顔を見せなさい」

厳しい口調で女性にそう言われ、俊介はさらに動揺してしまった。彼はペニスをしまうのも忘れ、サオを握り締めたまま、女性の言葉に従い、後ろを振り返ってしまったのだ。

紺のレディーススーツを着た美しい女性がすぐそこに立っていた。年齢は二十代後半といったところだろうか。

服装は地味だが、整った顔立ちの美人だった。髪を後ろできちんとまとめている。全体的にすきがなく、きりっとしたクールな印象を受けた。

体つきはスレンダーだが、女性らしいボディラインは落ち着いたデザインのスーツの下に隠されてしまっていた。そのため、どのくらいスタイルがいいかは不明だった。しかし、わりとタイトなスカートをはいており、張り詰めた太ももの感じやなまめかしいヒップラインは服の上からでも何となく確認することができた。

もちろん、そのときは細かいところまで一瞬のうちに観察できたわけではなかったが、目の前にいるのが洗練された美しい女性であることは間違いなかった。

「まあ、何て格好をしているの……」

ペニスをそそり立たせている俊介の姿を見て、その謎の女性はかなりびっくりしたようだった。まさか彼がこういう場所でマスターベーションの真っ最中だとは思いもしなかったのだろう。

勃起したペニスをこんな美人に見られてしまった。その事実は俊介の下半身にも大きな影響を及ぼした。彼女の視線が硬直したペニスに突き刺さり、揺さぶられるような刺激が襲いかかってくる。射精寸前だったペニスは、その刺激にあっさり負けてしまったのだ。

「うっ……」

俊介は短いうめき声を発し、ペニスがビクンと脈打った。サオの付け根から熱いものが打ち出され、亀頭の先端に向かって突き進んできたが、もはやそれを止めることはできなかった。

俊介のペニスは暴発し、その女性の目の前で射精してしまった。普通、マスターベーションは人前でするものではない。射精の瞬間を他人に見られてしまったのは生まれて初めてだった。しかも、相手は綺麗な年上の女性だ。だが、一度出てしまったものを途中で引っ込めることはできなかった。

さらにまずいことに、発射されたザーメンはその女性の方に真っ直ぐ飛んでいった。今さら方向を変えることはできなかった。相手も勢いよく飛んでくるザーメンを咄嗟《とっさ》にかわす余裕はなかった。

ザーメンは彼女のタイトなスカートの太ももを直撃した。相手にザーメンを引っかけてしまったのだ。スカートの色が紺なので、引っかけられた白濁液のあとがくっきり目立ってしまっていた。

反り返ったペニスは激しく脈打ちながら何度も射精を繰り返した。そのたびに、白い染みが紺のスカートに広がってしまう。しかし、射精をコントロールすることはできず、俊介はペニスの脈打ちがストップするまでザーメンを発射し続けた。

タイトな紺のスカートに大量のザーメンが付着してしまった。ドロッとした精液はゆっくりとスカートの裾の方まで伝い落ちていき、パンストの表面をレッグラインに沿って流れていった。

女性のスカートやパンストについたザーメンの染みは恐ろしくなるほどエロチックであり、俊介は大きな興奮に包み込まれてしまうのだった。

2

「ス、スカートが汚れてしまったわ……」

新鮮なザーメンを下半身に浴び、その女性はかなり困惑しているようだった。

また、俊介が握り締めているのが勃起したペニスであることに改めて気づき、その美しい顔に恥じらいの表情を浮かべている。

だが、そんな困惑や恥じらいの態度を示したのは一瞬のことで、すぐに最初のクールさを取り戻した。彼女はティッシュを取り出すと、スカートやパンストに付着したザーメンを拭き取り始めた。周囲には出したての精液の匂いが漂っている。

「さあ、あなたもさっさと後始末をしなさい」

そう言いながら、彼女は俊介にもティッシュを渡してくれた。ザーメンの滴るペニスを握り締め、学校の裏の林の中で呆然と立ち尽くしていた俊介はようやく我に返った。自分があまりにも情けない格好をしていることに気づき、恥ずかしさがこみ上げてくる。

俊介はこの場から逃げ出したくなってしまったが、彼女が誰であるにしても、覗きの現場を押さえられてしまったので、逃げるわけにもいかなくなった。彼女の前でペニスをきれいにしていると、ますます大きな恥ずかしさを感じてしまった。だが、どういうわけか、ペニスは勃起したままで、俊介はそれをズボンの中に押し込むのに苦労しなければならなかった。

彼女は星川冴子《ほしかわさえこ》と名乗った。俊介は新任の教師かと思ったが、冴子は弁護士だった。そういえば、例の盗撮事件に関して、何人かの女子生徒の父兄が弁護士を雇い、調査を始めたという話を俊介も耳にしていた。まだ犯人はわかっていないが、場合によっては学校側の責任も追及するつもりらしい。盗撮事件の被害者は女子生徒であるから、そういう女性特有の問題を含む事件に関しては、冴子のような女性弁護士が担当するケースが多いのかもしれない。

「で、あなたの名前は？　この学校の生徒なんでしょ」

嘘をついてもどうせわかってしまうので、正直に答えるしかなかった。

「吉崎君、あなたはここで何をしていたの？」

「それは、その、あの……」

「向こうにあるのはどこかの運動部の部室のようね」

テニス部の窓は既に閉まっていた。部員の女の子たちがこちらの話し声を耳にし、すぐに窓を閉めたに違いない。

「覗きは立派な犯罪なのよ。軽犯罪法で罰せられるし、迷惑防止条例にも違反しているわ。それに、吉崎君の場合、公然わいせつの罪も犯していたようだし」

弁解のしようがなかった。覗きの現行犯だ。盗撮事件の犯人と疑われているかもしれない。まあ、公然わいせつ罪の方は見せようと思って出していたわけではないので、濡れ衣だと主張することも可能かもしれないが。

冴子はこのことを俊介の担任教師に話そうとするだろうか。あるいは、そういう面倒なことは省いて、直接、警察に突き出そうとするかもしれない。

「まさかあなたが盗撮事件の犯人ということはないでしょうね」

「そ、そんな、違います……」

俊介は首を横に振って必死に否定した。やはり冴子は俊介を盗撮事件の犯人だと疑っているのだ。彼女はその犯人を見つけるために調査に来ているのだから、運動部の部室の裏で捕まえた怪しい人物に疑いの目を向けるのは当然のことだった。

まずいことになったものだ。どうしたら盗撮事件の犯人であるという疑いを晴らすことができるだろうか。覗きをしたのは悪いことだと思うが、無実の罪で罰せられたくはなかった。

仕方なく、俊介は今、自分が持っているものを冴子に全部見せ、自分が盗撮事件の犯人ではないことを証明しようとした。

彼の持ち物といえば、ハンカチと生徒手帳くらいで、盗撮用の小型カメラとかそういう怪しいものは一切所持していなかった。

「とりあえず、今の段階では、吉崎君を犯人だとは断定しないわ。ただし、今日は盗撮の下見をしていただけかもしれないし、容疑が完全に晴れたわけではないのよ」

冴子は俊介の無実を納得してはいないが、すぐに犯人扱いするつもりもないようだった。

「今日はもう帰ってもいいけど、吉崎君のことは今後も継続して調べさせてもらうわよ。とにかく、さっきのような馬鹿なことはもう二度としないことね。高校生だったら、勉強とか、ほかにもっとたくさんやるべきことがあるはずでしょ」

そう言うと、冴子は背を向けて、その場を立ち去った。一時はどうなることかと思ったが、何とか切り抜けることができたようで、俊介はホッとした。

冴子の後ろ姿を見送りながら、俊介は彼女ともっと別の形で出会うことができたらよかったのにと思った。あんな姿を見られてしまうなんて、冴子はきっと軽蔑しているに違いない。

実を言うと、俊介は同級生の女の子よりお姉さんタイプの女子大生やＯＬの方に興味があった。年上の女性が好きなのだ。だから、冴子にもすぐに心奪われてしまった。

俊介が年上の女性に憧れるのは、母親がいないからかもしれない。自分はマザコンではないと思うが、やはり母親のいない寂しさがこういうところに影響しているのだろう。

とにかく冴子にいきなりザーメンを浴びせてしまったというのは、出会いとしてあまりに衝撃的だった。これは俊介の勝手な思い込みだが、今日初めて会ったばかりなのに、そのことで冴子と急接近しつつあるような気がしていた。

　もちろんあんな出来事がなかったとしても、冴子は非常に魅力的な女性なので、俊介はその魅力の虜《とりこ》になってしまったに違いない。年上の女性とはこれまで知り合いになったことがなく、しかも美人の弁護士とくれば心を奪われて当然だった。

　大体、俊介のような一般人が女性弁護士と接する機会といえば、せいぜいテレビドラマの中に登場するときくらいだ。それだって女優が役として演じているだけで本物ではない。男の弁護士でさえ、実物に会うことは滅多にないのだ。

　そのクールな美人弁護士は行ってしまい、もう後ろ姿は見えなくなっていたが、ザーメンまみれになったスカートやパンストのことを思い出すと、またもや俊介のペニスは元気に勃起してしまった。

　今日はテニス部の女の子の着替えを覗き、生乳まで見ることができたが、俊介は多分、そちらの方ではなくスカートにザーメンをかけられた冴子の姿を思い浮かべながらマスターベーションしてしまうに違いなかった。

　それから、俊介は鞄を取りにいくために教室に戻ることにした。校舎を迂回するのは大変だったので、途中で非常口から建物の中に入り、廊下を歩いていった。

特別教室が並んでいるフロアーの廊下を通り抜けようとしたとき、ある部屋の扉が少し開いているのに気づいた。そこは視聴覚教室の隣にある視聴覚準備室と呼ばれている部屋だった。

準備室は視聴覚教室に付属しており、そんなに広くなかった。映写機や使われていないテレビモニターなどが保管されており、またこの部屋を管理している教師のデスクも置いてある。

休み時間など大部分の教師は職員室にいるが、ベテラン教師の中には特別教室の管理を任され、こうした準備室と呼ばれる部屋でテストの採点をしたりする者も何人かいた。いわば、個室のような場所を与えられているのだ。

何気なく視聴覚準備室の中を覗いてみると、そこには誰もおらず、机の上にはノートパソコンが開かれ、電源が入ったままになっていた。そのノートパソコンはかなり大型で、デスクトップパソコンに匹敵するほど高性能の機種だった。

俊介は何となくフラフラと準備室の中に入り、机のところまで行って、ノートパソコンの液晶モニターを覗き込んでしまった。何もプログラムは起動しておらず、デフォルトのデスクトップ画面が表示されていた。

机の上には、ノートパソコンのほかに、小型のデジタルビデオカメラと煙草の箱二個分くらいの大きさの装置が置かれている。その箱型の装置はビデオカメラとケーブルで接続されており、アンテナのようなものが付属しているので、何かの受信機みたいなものではないかと思われた。

「あれ……？」

ふと下を見ると、足元の床に紙のシートに入ったCD-ROMが落ちていた。俊介は何気なくそれを拾い上げた。

そのとき、廊下の方で足音がこちらに近づいてくるのが聞こえた。このノートパソコンの持ち主が帰ってきたのだろうか。パソコンを起動したまま席を離れているということからすると、その可能性が高かった。

俊介はパソコンを勝手にいじったわけでもなく、別にまだ何も悪いことはしていなかったが、この部屋に無断で入ったことは咎《とが》められるかもしれない。面倒なことに巻き込まれたくなかったので、俊介はさっさとその場から立ち去ることにした。

さっき入ってきた扉から廊下に出たら、この部屋に戻ってきた人物と鉢合わせしてしまう。俊介は準備室の奥にあるもう一つの扉を通り抜け、隣接する視聴覚教室に移動した。

予想は当たっていたようで、俊介が視聴覚教室で息を潜めていると、隣の準備室に誰かが入り、扉の閉まる音が聞こえた。これで安心して立ち去ることができる。廊下に出てみると、確かに先ほどは少し開いていた準備室の扉が今は完全に閉まっていた。

「いけない、これ、持ってきちゃった……」

俊介は視聴覚準備室で拾ったCD-ROMをまだ握り締めていた。今さら返すわけにもいかない。俊介はあとでこっそり返すつもりで、今日はそのまま家に持ち帰ることにした。

3

よく考えてみると、あの視聴覚準備室を使っているのは俊介の担任の平沼《ひらぬま》だった。だとすると、あのパソコンは平沼のものだということになる。

平沼は四十歳くらいの数学の教師で、地味な男だった。教え方は上手でも下手でもなく、生徒たちと接するときも常に少し距離を置いていた。だから、担任の教師であるにもかかわらず、印象が薄かった。

家に帰った俊介は、視聴覚準備室から勝手に持ってきてしまったCD-ROM

の中身を自分のパソコンで見てみることにした。おそらく、このCD-ROMも平沼のものであるに違いなかった。

正確にはCD-Rと呼ばれるもので、平沼がパソコンを使い、何らかのデータをそこに焼きつけ、保存したのだ。そのCDのラベルは無地であり、外側から見ただけで中身がわかるような手がかりは何もなかった。

俊介は自分専用のパソコンを持っている。それなりのパワーを持つデスクトップパソコンだ。

彼はそのパソコンでいつもネットワークゲームをしたり、インターネットのホームページを閲覧したりしていた。

CD-ROMをパソコンにセットして調べてみると、そこには動画のデータがいくつか保存してあった。俊介はそのうちの一つのファイルをマウスでクリックし、動画を再生してみた。

「おや、これは……」

パソコンのモニターに映し出されたのは、薄汚れた壁とその前にある白っぽいものだった。その白っぽいものはぼやけていて何だかよくわからなかった。おまけに、画面には何も動くものが映っていないため、これは動画ではなく、静止画ではないかと疑ってしまったほどだった。

　俊介はマウスで再生ソフトを操作し、動画のもっと先のシーンを見てみた。すると、何かが突然、画面の中に現れた。上の方は肌色で、上履きと靴下をはいている。それは人間の足だった。

「女子トイレの中だ……」

　ぼやけた白っぽいものは和式便器の金隠しであり、それは校内の女子トイレの個室の中を撮影した映像だった。

　男子トイレもそうだが、この学校のトイレの個室には洋式便器と和式便器の両方がある。これは和式便器の斜め前の方から撮っているのだ。

　画面にはトイレに入った女子生徒の足が映っていた。顔が映っていないので、それが誰なのかはわからなかったが、これは明らかに学校の女子トイレの中を隠し撮りしたものに違いなかった。

　多分、カメラは汚物入れにでも隠したのだろう。とても低い位置から狙っていた。インターネットで盗撮関係のサイトを見たことがあるが、トイレの盗撮では汚物入れの中にカメラを仕掛けることが多いらしい。汚物入れというのは、もちろんトイレに流すことができない女性の生理用品などを捨てるためのものだ。

入ってきた女子生徒が、和式の便器にしゃがみ込んだ。制服のスカートは既にまくり上げられており、画面には映っていなかった。白いパンティが膝のところまでおろされているのを、画面の上の方にチラッと確認することができた。

今やパソコンのモニターには、女子生徒の丸出しの下半身が映っていた。膝が開き気味になっており、むき出しになった太ももがなまめかしかった。

「でも、アソコの形まではっきり確認できないな」

女子生徒は足を広げていたが、肝心な部分はあまり鮮明に映っていなかった。斜め前から狙っているので、金隠しも邪魔にならず、アングル的にはベストなのだが、フォーカスがちょっと合っていないのだ。

便器にしゃがむ位置は人によって違うので、盗撮者があらかじめ合わせておいたフォーカスがずれてしまったのかもしれない。

その上、トイレの中は明るさが十分ではなかった。おまけに、この動画のデータ自体が画質を落として保存してあるらしく、どうしても映像が粗くなってしまっているのだ。

太ももの付け根の部分に、何か黒っぽいものが生えているのをどうにか確認することができた。それはアンダーヘアに違いなかった。ヘアが濃すぎるのかどうかはわからないが、ワレメの筋などはよく見えなかった。

「おっ、出るぞ」

突然、太ももの付け根の部分から何かが流れ出してきた。それは女子生徒の尿液だった。放尿が開始されたのだ。今、俊介が目の当たりにしているのは、女子高生の秘密の放尿姿だった。

俊介は同じ学校の女子生徒の放尿姿に非常に興奮してしまい、画面を食い入るように見つめていた。なぜなら、これはヤラセではなく、本物の盗撮映像だからだ。被写体の女の子は盗撮されていることを知らず、いつも通りの放尿姿を披露しているに違いない。

この女の子が自分のクラスメートかもしれないと思うと、俊介の興奮はさらに高まってしまった。

盗撮と覗きには相通じるものがあった。自分が見ているものが今まさに行なわれていることか、それとも過去に起こったことかという時間的な相違はあるが、他人の秘密に接するということについては、盗撮も覗きも目指す方向は一緒だった。

モニターに映し出された女子生徒の放尿姿を眺めながら、俊介のペニスは硬く勃起してしまった。今日はスカートにザーメンをかけられた冴子の姿を思い浮かべながらマスターベーションしようと思っていたのに、今はパソコンで再生される動画の方にすっかり心を奪われてしまっている。

女子高生のむき出しの股間から黄色い尿液が一直線に流れ出していた。勢いよく便器の内側にぶつかり、弾き返されている。はっきり見ることはできなかったが、ワレメの縁やそのまわりに生えている陰毛も流れ出す尿で濡れてしまっているに違いない。

女の子の尿はどんな匂いがするのだろうか。パソコンでは匂いを嗅げないのが残念だった。尿を手に浴びて、流れ出す勢いやなまあたたかさを感じ取ってみたかった。

女の子の表情を見ることはできなかったが、画面に映っている下半身にはどこか恥じらいがあるような気がした。盗撮されていることなど知らなくても、やはり放尿は女の子にとって秘密の行為なのだ。それはただの生理現象ではなく、だからこそ盗撮する価値があった。

「勢いが弱まってきたぞ」

それほど長い放尿ではなかった。尿の流れは徐々に勢いを失っていった。もっとも勢いが弱まってしまっても、膀胱に残っている尿をしぼり出すような感じで、何度か黄色い液体が流れ出してきた。しかし、最後には膀胱が空っぽになってしまったようで、放尿は完全に終わり、尿のしずくがポタポタと垂れ落ちるだけになってしまった。

黄色いしずくはアンダーヘアを濡らしながらその毛先から伝い落ちていた。そのため、あまり鮮明ではない動画でも、今ではアンダーヘアの生え具合が何となくわかるようになっている。

女の子はペーパーホルダーからトイレットペーパーをちぎり取ると、濡れたヴァギナを拭いて後始末をした。別に何かいやらしいことをしているわけではないのに、紙でヴァギナを拭いている様子は妙にエロチックだった。細かいところまで見えるわけではないが、ヴァギナとトイレットペーパーがじかにこすれ合う感じが卑猥なのかもしれない。

ヴァギナを拭き終わると、紙を便器に捨て、トイレの水を流した。それから、女の子は立ち上がりながらおろしていたパンティをはき、トイレから出ていってしまった。

そのあとも動画を見続けていると、そこには何人かの女の子の放尿姿が収録されていた。しゃがみ方、尿の流れ出し方、終わったあとの拭き方など、どの女の子も微妙にやり方が異なっている。

俊介はペニスを引っ張り出し、サオを軽く手でしごきながら動画を鑑賞し続けた。とりあえず、抜きどころを探しながら終わりまで一通り見てみた。

それから、他の動画ファイルを見るために、ペニスから手を離してマウスを操作しようとした。そこで俊介は、重大な事実に気づいた。

「これを撮ったのは平沼先生だ……」

俊介はこのCD-ROMを視聴覚準備室で拾った。そこを管理しているのは担任の平沼だ。部屋の中には、パソコン、デジタルビデオカメラ、アンテナ付きの受信機のようなものが置かれていた。それらはすべて平沼の所有物に違いない。

前にどこかのサイトで見たのだが、最近では無線式の盗撮が簡単にできるそうだ。それにはCCDカメラとトランスミッターと呼ばれる装置が必要になる。

CCDカメラはコンパクトで、五百円玉に隠れてしまうような大きさのものも手に入るらしい。

一方、トランスミッターはCCDカメラから得られた映像信号を受信機に送る機械だ。トイレ盗撮の場合、それらを汚物入れの中などに仕掛けることになる。

そして、トイレから離れた安全な場所で、トランスミッターから送られてきた映像をワイヤレスで受信し、録画すればよい。もちろんあまり遠いと電波が届かないが、あのフロアーでは女子トイレのわりと近くに視聴覚準備室がある。

準備室で受信された映像データはデジタルビデオカメラに入力され、テープに記録されるわけだ。おそらく、平沼はビデオカメラとパソコンを接続し、最終的に映像をハードディスクに取り込んでいたに違いない。その動画のデータをCD-ROM化したものを俊介が偶然拾ってしまったのだ。

女子更衣室の盗撮映像も同じような方法で撮影された可能性が高かった。映像をパソコンに取り込んでおけば、インターネットでも簡単にやり取りすることができる。

だとすると、盗撮事件の犯人は平沼なのだ。教師が生徒を盗撮していたというのはちょっと驚きだったが、ありえないことではなかった。教師ならそれほど怪しまれずに隠しカメラを仕掛けることができる。

さて、盗撮事件の意外な犯人が判明したものの、それに対して自分は何をすればいいのだろうか。女子生徒の放尿姿を見ることができたのはとても嬉しかったが、どうも厄介なものを拾ってしまったようで、俊介はパソコンのモニターに眺めながら困惑した表情を浮かべるしかなかった。

第二章　フェイスブラシの感触

1

数日後。

俊介はテレビのニュースを見ながら一人で朝食をとっていた。父親はたいてい朝早く会社に行ってしまうため、一人で朝食をとることが多かった。

ニュースの途中で自分の高校の名前が出てきたような気がしたので、俊介は改めてテレビのモニターに目をやった。

『今、私は盗撮事件のあった高校の前に来ています。この学校では、昨日、女子生徒がトイレに仕掛けられていた隠しカメラを発見し……』

テレビには俊介が通っている高校の校門とその奥にある校舎が映っていた。テレビで見ると、別の見知らぬ場所のように感じられた。

そして、校門の前にアナウンサーの西谷《にしたに》京香《きようか》が立っていた。俊介は京香の熱烈なファンだった。女子アナの中ではナンバーワンだ。その京香が自分たちの高校の前に立っているなんて自分の目が信じられなかった。

しかし、それは本当のことだった。俊介は何だか感激してしまった。いつもテレビで見ているだけの京香が急に身近な存在になったような気がした。

西谷京香は在京キー局の人気アナウンサーで、年齢は二十五歳。若いながらも、今年から夕方のニュース番組のキャスターに抜擢《ばってき》され、活躍していた。

もっとも、そのニュース番組は男性キャスターが一人、女性キャスターが二人という構成で、京香はメインのキャスターというわけではなかったが。それにキャスターとはいっても、取材のためにスタジオ以外の場所からの中継ということも多く、国内から海外まで事件現場を飛び回っている。

また、今回のように夕方のニュース番組のキャスターでありながら、他の番組の中継でもレポーターとして出演していることがあった。大きな事件のときはずっと現場にはりついているのだろう。

今回の盗撮事件はそれほど世間の注目を集めているわけではないが、京香はキャスターとして女性が関係する事件の取材をすることが多く、そのために現場に派遣されたのではないかと思われた。

それに、俊介としてはほとんど関心がなかったが、少し前に同じ沿線のエリアで通り魔事件が起きており、その取材も京香がやっていたはずで、その関係からこちらの盗撮事件の中継も彼女が担当しているのかもしれなかった。

『まだ誰が盗撮用のカメラを仕掛けたのかということは明らかになっておらず……』

女子更衣室の盗撮が発覚したときは学校側が事件をうまく隠していたが、今度は隠し切ることができず、マスコミが騒ぎ出したようだ。もしかすると、世論に訴えるため、弁護士の冴子がわざと情報をリークしたのかもしれない。

女子トイレから盗撮用のカメラが発見され、マスコミが取り上げるような事件には発展したが、その犯人がこの学校の教師であるということはまだ誰も知らないようだった。知っているのは犯人である平沼自身と俊介だけだ。

どこまでマスコミがこの事件に関して知っているかということも気になったが、それより俊介はテレビに映る京香の姿に見とれてしまった。京香は女優のように着飾ってはおらず、シンプルで活動的な格好をしていたが、どこか華やかさがあった。だが、それは無駄のないもので、こういう事件の取材をしていても違和感はなく、華やかさが邪魔にはならなかった。

髪はショートカットではないが、セミロングというほど長くもなく、どちらかといえば短めにまとめていた。

顔立ちが整っているのは当然だが、そこには女性らしい優しさとしっかりした意志の強さが共存しているように思われた。

彼女はとても表情が豊かだ。スタジオでニュースを読む場合にも、楽しいニュースのときと悲しいニュースのときでは表情が違い、しかもどちらのときもその表情はごく自然なものに感じられた。わざとらしく作られた表情ではなく、偽りのない気持ちが率直にあらわれているのだ。

俊介はたまに京香がバラエティ番組の司会をしたときに見せる素敵な笑顔が好きだった。あんな笑顔を向けられたら、誰だって虜になってしまうだろう。そういうとき、仕事とはいえ、京香はリラックスした様子で、真面目な表情でニュースを読むときとのギャップがその笑顔をさらに魅力的なものにしていた。

アナウンサーなので肌を露出することは少ないが、スタイルが抜群であることは間違いなかった。肉感的なタイプではなかったが、服の上からでもメリハリのある体つきをしていることは推測できる。それでいて、肩のラインやバストの膨らみ方には何ともいえない柔らかさがあった。

俊介は京香の声も好きだった。アナウンサーだから、発音がいいのは当たり前だが、彼女の声は高すぎもせず低すぎもせず、彼の耳に心地よく響いた。一つ一つの言葉をはっきり喋っているにもかかわらず、口調にいかにも女性らしい柔らかな響きが含まれているのだ。それは決して甘えるような話し方ではないが、よく聞いていると、不思議ななまめかしさがあった。

もし京香が耳元で甘い言葉を囁いてくれたりしたら、それだけで射精してしまうかもしれない。俊介は彼女がある本の朗読をしているCDを持っており、それを聞きながらマスターベーションしてしまうこともあった。京香に官能小説を読ませたりしたらたまらないに違いない。

『最近、盗撮や覗きなど女性にとって卑劣極まりない事件が多発していますが、これらは個人のプライバシーの侵害という問題とも関係し……』

京香の中継レポートはまだ続いている。

俊介はテレビに映っている彼女の姿に見とれてしまい、食事の手をとめてその声に熱心に耳を傾けていた。

俊介は盗撮事件の犯人が平沼であることを知っており、証拠のCD-ROMも持っていたが、結局、まだ誰にもそのことを漏らしてはいなかった。平沼以外の教師にそのことを言うつもりはなかったし、警察に話す勇気もなかった。

盗撮された女の子は可哀想だと思うし、平沼は悪いやつだと思うが、盗撮事件自体は俊介には関係のないことだった。とにかく、面倒なことに巻き込まれたくなかったのだ。

弁護士の冴子にすべてを打ち明ければ、彼女も喜んでくれて、もっと親しくなることができるかもしれない。だが、引っ込み思案な俊介には、魅力的な冴子に声をかけることさえなかなかできないでいた。

女子トイレのカメラが発見されたのは、俊介にとっても悪いことではなかった。犯人を知っているのに何もしようとしない自分に後ろめたさを感じていたが、これなら彼が行動を起こさなくても、事件が解決の方向に進展していくことは間違いなかった。

俊介がテニス部の部室を覗いていたことを、冴子は学校にも警察にも話さなかったようだ。そのことについては感謝していたが、冴子は彼にとって憧れの存在であると同時に、怖い存在でもあった。冴子の言いつけを守り、俊介はこの数日間、全く覗きをしていなかった。

このところ、俊介のマスターベーションのおかずは冴子がメインになっていたが、今日あたりは京香のことを思いながら励んでしまうかもしれない。しかし、冴子の方が、実際に話をしたこともあってエロチックな妄想を膨らませやすいのは確かだった。まあ、冴子にしても京香にしても、現実に特別な関係になることなど考えられなかったが。

運がよければ京香の実物を見ることができるかもしれないと思いながら俊介は学校に向かったが、校門に到着したとき、もうとっくに中継は終わっていた。マスコミの車が何台か学校の近くにとまっていたが、京香の姿は見えなかった。

「おはよう、吉崎君」

いきなり声をかけられ、俊介はびっくりしてしまった。振り返ると、そこに冴子が立っていた。この前とはデザインが若干違うが、やはり紺のレディーススーツを着ている。この間のスーツはスカートにザーメンの染みができてしまったので、クリーニングに出しているのかもしれない。

冴子は俊介を校門から少し離れた道端に連れていった。

「ねえ、吉崎君、あなた、私に話すべきことがあるんじゃないかしら」

「そ、それは、その……」

冴子はもうどこかから俊介があのＣＤ-ＲＯＭを持っていることを嗅ぎつけて

きたのだろうか。しかし、俊介はそのことを誰にも喋っておらず、いくら何でもその秘密が漏れるはずはなかった。

「吉崎君のことを詳しく調べさせてもらったわ。成績や生活態度には、何も問題はないようね」

俊介は極めて平凡な人間なのだ。

「ただし、特に部活をやっているわけでもないのに、放課後、学校のあちこちで姿を目撃されているわね。つまり、この前と同じようなことを校内の様々な場所でやっていたんでしょ」

「で、でも、今はもうやっていません……」

「それならば、覗きのことは不問に付すわ。それより、放課後、校内をよく歩き回っていたのなら、吉崎君は例の盗撮事件の犯人を目撃しているんじゃないかしら。ちょっと怪しそうだった人とか、どんな些細なことでもいいから思い出してほしいの」

どうやら冴子は、俊介が犯人を知っていることを確信しているわけではなさそうだった。もしわかっていたら、こんな遠回しな訊き方はしないだろう。

だが、彼女の勘は鋭かった。覗きのために校内を徘徊している俊介なら犯人を見ているのではないかと考えているのだ。実際のところは、直接、犯人の姿を見たわけではないが、彼が犯人につながる証拠を手に入れたのは、校内をうろうろ歩いていた結果に違いなかった。

俊介は冴子にそんなふうに質問され、すべてを白状しそうになってしまった。有能な弁護士に隠し事をしておくのは難しそうだった。

「星川先生、おはようございます。今度の事件について、ちょっとお話を聞かせていただけませんか」

冴子と俊介の間に割り込むようにして誰かが話しかけてきた。顔を上げるとそこにはキャスターの京香がいた。本物の西谷京香だ。服装も、朝、テレビで見たときと同じだった。あの京香が目の前にいるなんてちょっと信じられなかった。

京香がそこにいるというだけで俊介はドキドキしてしまった。冴子も十分魅力的だが、京香にはテレビに出演している有名人の多くが持っている輝きのようなものがあり、それがまぶしく感じられた。

京香は事件の関係者である冴子にインタビューするというより、何らかの情報を引き出そうとしているようだった。近くにカメラマンはおらず、京香もマイクを持っていなかった。

それにしても、美しい女弁護士と魅力的なニュースキャスターの姿を両方とも間近で見ることができるなんて運がよかった。二人の美しさにちょっと圧倒されそうになってしまう。

冴子も京香も俊介にとっては年上の大人の女性であり、どちらもクールなタイプの美人だった。だが、同じクールな美人でもその印象はだいぶ違っていた。

やはり仕事柄、京香にはハッとさせられるような華やかさがあり、一方、地味というわけではないが、冴子には落ち着いた大人の美しさがあった。別に京香の服装が派手ということはなかったが、服のデザインや化粧の仕方も関係しているのだろう。

「弁護士には依頼人に対する守秘義務があるので、一切、お話できません」

冴子は京香に対し、冷たくそう言い放った。

「じゃあ、冴子さん、オフレコにするから、何か情報を下さいよ。協力してくれれば、テレビに出演して、スタジオでそちらが言いたいことを、視聴者に向けて直接話してもらうことだって可能だし」

京香がそんな提案をした。ギブアンドテイクというわけだ。

「お断りするわ。私は忙しいので、これで失礼するわよ」

冴子は京香の誘いにのってこなかった。マスコミ嫌いのようだ。弁護士とニュースキャスターでは相性が悪いのだろうか。

しかし、京香のくだけた話し方からすると、どうやら二人は知り合いらしい。前に何かの事件で顔を合わせたことがあるのかもしれない。

冴子は京香を振り切るように校門とは逆の方向に歩いていった。それを京香がしつこく追いかける。俊介は忘れられて置き去りにされた形だった。自分まで二人のあとを追いかけても仕方がないので、俊介は校門に向かって歩き出した。

2

「マスコミについては、すべて学校が窓口となって対応するので、生徒は勝手に取材に応じたりしないように」

帰りのホームルームで、担任の平沼は自分のクラスの生徒たちにそう言った。女子トイレに仕掛けたカメラが発見されてしまい、平沼は内心、かなり動揺しているはずだが、生徒たちの前ではいつも通りの平然とした態度を崩さなかった。

自分が盗撮事件の犯人であることを突き止められるはずはないと思っているのだろうか。今日の昼休み、俊介はこっそり視聴覚準備室を覗いてみたが、ビデオカメラや受信機はもちろんのこと、ノートパソコンもなくなっていた。平沼が証拠隠滅をはかったのだ。

平沼は盗撮のデータが保存されたCD-ROMが一枚なくなっていることに気づいているだろうか。俊介は目をつけられるとまずいので、教室でもできるだけ平沼の注意を引かないようにしていた。

放課後、俊介は京香の姿をもう一度見たいと思い、学校のまわりを歩き回ってみたが、まだ夕方のニュースの時間帯ではないので、中継は行なわれていなかった。俊介はどこかに京香のテレビ局の中継車がないか探してみることにした。

すると学校の裏の林に通じる小道を入ったところに、テレビ局の車両がとめられていた。車を悪戯されないようにこんなところを選んだのか、通りから見えない場所に駐車している。

テレビ局の車といっても、スポーツ中継で使われるようなちゃんとした大型の中継車ではなく、テレビドラマのロケバスという感じだった。もう少し小さいかもしれない。車体にテレビ局のロゴマークが書き込まれている。車の後部座席の窓にはカーテンが引かれ、中が見えないようになっていた。

見つかって注意されたらすぐに逃げ出すつもりでさり気なく近づいていったが、

運転席には誰もいなかった。残念ながら、今は誰も車に乗っていないようだ。京香の姿も見えなかった。

それでも、一応、俊介は車のまわりをぐるりと回ってみた。すると、反対側の後部座席のスライド式のドアが完全に閉まっていないのに気づいた。確かめないで車から離れてしまったのだろう。

ちょっと中を覗いてみると、車内はやはり無人だった。本格的な放送用の機材などは積み込まれていなかった。この車は主に移動のためのものであり、あとは出演者が中で着替えたり休んだりするのに使われているのではないかと思われた。

中を見ているうちに、俊介は急にテレビ局の車に乗ってみたくなってしまった。通りからは俊介の姿は車体で隠れている。

この車は京香専用ということはないだろうが、中継の空き時間にはこの中ですごすことが多いに違いない。きっと車の中には京香の私物ものせられているだろう。盗んだりするつもりはなかったが、彼女の持ち物を見てみたかった。

注意しなければならないのは、誰かが戻ってきた場合だ。しかし、常に気をつけていれば、見つかる前に車から出ていくことも可能かもしれなかった。

俊介はドキドキしながら車の中に足を踏み入れた。扉はすぐ逃げられるように少しだけ開けておくことにした。

車内は思ったよりも広く、淡い香水の匂いが漂っていた。京香の匂いだ。京香の生の体臭ではないが、俊介はちょっと興奮してしまった。

すぐに目についたのは、座席の隅に置かれている大きめのポーチだった。俊介は中身を確認するため、そのポーチのファスナーを開けてみた。

「メイク道具だ……」

俊介は男なので女性の化粧のことはよくわからなかったが、それはコスメポーチと呼ばれるもののようだった。亡くなった母親もそういうものを持っていた記憶がある。ポーチの中には、絵筆のような様々な大きさのブラシやファンデーション用のスポンジ、パフ、口紅、化粧水などが入っていた。俊介には使い方がわからない道具もたくさんあった。

スタジオなら専門のメイクを担当する人がいるのだろうが、中継の場合は自分でメイクしなければならず、それで京香もこういうものを持ち歩いているに違いない。

俊介がコスメポーチの中から最初に手に取ったのはやはり口紅だった。塗ることまではしなかったが、かなり使い込んである口紅を自分の唇にくっつけてみた。

「美人キャスターと間接キスしちゃったぞ」

それから、俊介はいろいろな種類があるブラシのうち、一番細いものを手にした。化粧用のブラシには、大きさによって、顔全体に使ったり、アイシャドーを塗ったりするためのものがあるようだが、最も細いのはリップブラシといって、口紅のラインを整えるためのものだった。つまり、このリップブラシはいつも京香の唇にじかに接触しているのだ。

京香のリップブラシで自分の唇を撫で回していると、俊介はゾクゾクするような興奮を覚えた。目をつぶって京香とキスしている自分を想像してみる。憧れの美人アナウンサーの唇はどんな感触だろうか。俊介はただ唇を合わせるだけでなく、彼女の口の中に舌を差し込み、その唾液を味わってみたかった。

こんなにたくさんあるのだから、こっそり、口紅かリップブラシ、どちらか一本くらい持っていってしまっても、京香は気づかないかもしれない。そんなことを考えながら、俊介は一旦、リップブラシをポーチに戻そうとした。

ところが、そのとき突然、車のドアが開けられた。俊介はびっくりして飛び上がり、危うく車の天井に頭をぶつけてしまうところだった。

「ねえ、君、局の車の中で何をやっているのかしら」

俊介を反対側の扉に追い詰めるような感じで、京香が車に乗り込んできた。いつの間にか彼女は戻ってきていたのだ。

メイク道具に気をとられてしまって、俊介は京香が車に近づいてくるのに全く気づかなかった。彼女は車の中の侵入者を発見し、音をたてないように忍び足でこちらに接近してきたに違いない。そして、扉の隙間からあらかじめ車内をチェックし、俊介に不意打ちを食らわすことに成功したのだ。

これでは冴子に覗きを見つかってしまったときと同じだった。俊介はセックスに関係することに夢中になってしまうと、ほかのことがおろそかになってしまう。同じ失敗を繰り返してしまったのだ。

京香はすぐに警察を呼ぼうとするだろうか。そうしたら、今日の夕方のニュースで俊介の名前は全国に報道されてしまうかもしれない。いや、未成年なので、匿名《とくめい》ということになるのだろうか。

「君は確か吉崎君だったわね」

「ど、どうして僕の名前を……」

「今朝、弁護士の冴子さんと一緒にいたでしょ。冴子さんは君が犯人を目撃したとか何とか言っていたわね。だから、君のことをちょっと調べさせてもらったの。

私だってジャーナリストの端くれであることを忘れないでね」

　俊介は反対側の扉から逃げようかと思ったが、ドアのキーを解除するのに手間取りそうだった。

「とりあえず、そこに座りなさい。話を聞くのはそれからよ」

　仕方なく、俊介は京香の言葉に従った。しかし、慌てていたため、座る際にドリンクホルダーに置かれていた紙コップを倒してしまった。紙コップの中には飲みかけのコーヒーが入っていた。

「うわっ！」

　残っていたコーヒーは全部、俊介の学生服のズボンの上にこぼれてしまい、ズボンの股間から太ももの部分が濡れてしまった。

「あらあら、濡れちゃったわね。すぐに拭き取らないと、染みになっちゃうわよ」

　俊介はポケットからハンカチを出してズボンを拭こうとしたが、こぼれたコーヒーの量が多く、そう簡単にはきれいにならなかった。

「ズボンを脱いじゃった方がいいわ。そうしないと、乾かないわよ」

　京香がとんでもないことを言い出した。だが、俊介が考えすぎなだけで、別に変な意味でそう言ったわけではないのかもしれない。京香にとっては俊介などまだ子供にすぎないのだ。あるいは、ズボンを脱がせておいて、俊介がここから逃げ出すのを阻止しようとしているのかもしれなかった。

どちらにせよ、京香の方が年上であり、その言葉に逆らうことはできなかった。俊介はズボンのベルトをはずした。そんなに狭くはなかったが、車の中では直立することはできず、ズボンを脱ぐのにちょっと時間がかかってしまった。

ブリーフ姿になると、改めて恥ずかしさがこみ上げてきた。しかし、京香は何とも思っていないようで、俊介が脱いだズボンを取り上げ、座席の背にかけた。

「パンツは濡れていないかしら」

「い、いいえ、大丈夫です……」

俊介は慌ててそう答えた。まさかブリーフまで脱がすつもりはないだろうが、俊介はドキッとしてしまった。

「じゃあ、ズボンが乾くまで、じっくり話を聞かせてもらうわよ。吉崎君は本当に盗撮事件の犯人を目撃したの？」

てっきり、車の中に無断で入ったことを怒られるのかと思ったが、ジャーナリストとしては盗撮事件の方に関心があるようだった。

「僕、何も見ていません……」

　とりあえず、そう答えておいた。マスコミの一員である京香にうっかり喋ってしまったら、予想もつかない結果を引き起こしそうな気がした。

「でも、冴子さんはとても優秀な弁護士だわ。何か根拠がなければ、吉崎君に目をつけたりしないはずよ」

　京香はそんなふうに俊介に話しかけながら、少しずつこちらに近づいてきた。にじり寄ってくるという感じではなかったが、すぐに彼女の腕が俊介の体にぶつかってしまうほど接近してきていた。

　しかも、先ほどから京香がつけているさわやかな香水の匂いが俊介の鼻をくすぐっている。別に男を誘惑するような匂いではなかったが、童貞の高校生には刺激が強すぎた。

「冴子さんは私の大学の先輩なの。学部は違ったけど、同じサークルに所属していたから、あの人のことはよく知っているわ。社会人になってからも、同じ事件を担当したことが何度かあるし。まあ、今は冴子さんがマスコミ嫌いになっちゃったから、相手にしてもらえないけど」

　やはり冴子と京香は知り合いだったのだ。二人は女子大生のときどんな感じだったのか、俊介はつい想像してみたくなった。

だが、そんなことを想像している場合ではなかった。俊介の体の一部では困った変化が起こり始めていた。ペニスがどんどん膨張していって、ブリーフがテント状態になりつつあったのだ。これ以上突っ張ってしまったら京香に気づかれてしまいそうだ。

隣に本物の美人キャスターがいるのだから、そうなってしまうのもやむを得ないことだった。俊介はいまだに自分が憧れの京香と一緒におり、こんなふうに話をしていることが信じられなかった。

それに、二人の体があまりに接近しているので、これでは香水の匂いだけでなく、京香の体臭まで嗅ぎ取ることができそうな気がした。実際に香水の匂いと生の体臭を嗅ぎ分けることができたわけではないが、鼻から息を吸い込むたびに、彼のペニスはブリーフの中でどんどん勃起していくのだった。

今、この車の中にいるのは京香と俊介だけなのだ。しかも、俊介はワイシャツとブリーフしか身につけていなかった。

それにしても、京香のような美しい女性と一緒にいるのに、こっちがブリーフ姿であるというのは本当に恥ずかしかった。しかし、恥ずかしく思えば思うほどそれが興奮につながって、俊介のペニスはますます硬くなってしまう。

そんな俊介に追い討ちをかけるかのように、京香はなぜか彼の太ももの上にさり気なく手を置いたのだ。その手の置き方はごく自然な感じだったし、別に太ももを撫で回されたわけでもないのに、京香の手でじかに触られているというだけで、俊介の興奮は一気に高まってしまった。

京香の手の温もりが太ももに伝わってくる。彼女の指が股間のすぐ近くにあり、俊介は京香のほっそりとした指の存在を強く意識してしまった。彼女がちょっと指を動かせば、勃起したペニスに届いてしまうからだ。

京香としてはそういうふうに親密な雰囲気を作れば、俊介から何か聞き出せると思ったのかもしれない。あるいは、ただ単に彼女は自分の体を支えるためにそこに手を置いただけかもしれなかった。

俊介の口の中はカラカラにかわいてしまい、唾が飲み込めないほどだった。ペニスはブリーフを突き破らんばかりにそそり立ち、もうその卑猥な変化を京香に隠しておくのは難しいのではないかと思われた。

「吉崎君、どうしたの？」

俊介の様子がおかしいことに気づいたのか、京香がそう声をかけてきた。

「あら、元気ね」

何とか手で隠そうとしたが、京香は目ざとくテント状態の股間に気づいてしまった。何だか彼女の目つきが妖しくなり、急に色っぽさが増してきたような気がした。

京香に見られているというだけで、俊介のペニスは急激に膨張し、亀頭の先端から滲み出した先走り液がブリーフに大きな染みを作ってしまう。

「そのままじゃ、パンツの布地が伸びちゃうわよ。この際、パンツも脱いじゃった方がいいんじゃないかしら」

京香はそう言うと、俊介のブリーフに手をかけた。

「や、やめて下さい……」

「いいから、お尻を浮かせて協力しなさい」

俊介は魔法をかけられたように京香の命令に従い、座席から腰を浮かせていた。そのため、尻の方は簡単に脱がされたが、いきり立っているペニスにブリーフが引っかかってしまう。

京香が無理矢理ブリーフをはぎ取ると、彼のペニスは弓なりに反り返った。強い刺激が下半身を駆け抜けていき、俊介はそれだけで思わず射精しそうになってしまったほどだ。

「これで少しは楽になったでしょ。でも、まだ完全ではないわね」

京香は俊介のペニスを目にしても、冴子のような恥じらいの表情はあまり浮かべなかった。冴子より若いのに大人の女性の余裕が感じられた。

とにかく、とんでもないことになっていた。俊介は下半身に何も身につけておらず、京香の前で勃起したペニスを丸出しにしているのだ。俊介は今まで京香をおかずにいろいろな状況を想像しながらマスターベーションしていたが、こういうシチュエーションを思いついたことはなかった。しかし、これは紛れもなく現実に起こっていることなのだ。

「吉崎君、君はどうしてテレビ局の車に無断で乗ったりしたの？」

京香が急に話題を変えてそんなことを言い出した。

「ご、ごめんなさい……」

「謝らなくてもいいわ」

「僕、西谷さんに会いたかったんです……」

「なぜ？」

「西谷さんのファンだから……」

「そう言ってくれるのは嬉しいけど、吉崎君、車の中で何か悪戯していたでしょ。私のコスメポーチに触ったんじゃないの。正直に言いなさい」

「は、はい、触りました……」

京香は自分のコスメポーチの中身を確かめた。

「口紅とリップブラシで悪戯したのね。それなら、私はブラシの別の使い方を吉崎君に教えてあげるわ」

そう言いながら京香が手に取ったのは、リップブラシよりもずっと大きいフェイスブラシと呼ばれるものだった。形としては絵筆に似ている。だが、柄の部分が絵筆よりずっと短く、毛の部分も含めて全体で二十センチくらいしかなかった。短い柄の部分に比べると、ブラシの毛の部分はわりと大きめで、長さが四センチくらいあった。毛先は非常に柔らかそうだった。

「ワイシャツのボタンをはずしなさい」

「ど、どうして、そんなことを……」

「ごちゃごちゃ言っていないで、早くしなさい。これから吉崎君に、他人のものを勝手に触った罰を与えるわ。メイク道具を勝手に触っただけでなく、ここをこんなふうに膨らませてしまうなんて悪いことよ」

「で、でも、誰か来たら……」

「誰も来ないわ。今日の夕方は中継の予定がないから」

京香の話によれば、今日のニュースでは、特集のコーナーで、これまでの彼女の取材を録画したものが流れることになっているらしい。だから、いくつかの取材を継続中ということで、今日はスタジオにも戻らない予定のようだった。

とにかく、京香の言う通りにするしか道はなさそうだった。俊介はワイシャツのボタンをはずし始めたが、あまりにゆっくりとやっているので、途中から京香が手伝い、あっという間にワイシャツの前がはだけてしまった。

俊介は下着を身につけておらず、素肌にじかにワイシャツを着ていた。そのため、前がはだけると、乳首まで見えてしまった。

「罰として、こういうことをするのはどうかしら」

いきなり京香は、持っていたフェイスブラシで俊介の乳首をこすり回し始めた。乳首に加わる刺激が妙に気持ちよく、彼は後部座席で思わず悶えてしまった。自分は男なのに、乳首がこんなに気持ちいいとは思わなかった。

フェイスブラシで乳首を優しく撫で回されると同時に、毛先でチクチクと弄《もてあそ》ばれ、その二重の刺激に俊介は情けない反応を示してしまった。そんなふうに悶えている自分の姿を京香に見られるのも恥ずかしかった。

おまけに、ここは車の中であり、滅多に人が来ないとはいえ、誰でも通ることができる場所に駐車しているのだ。

外から覗かれる心配はなかったが、何だか屋外で下半身を丸出しにしているような気分になってしまった。

京香は彼の乳首をなおもフェイスブラシでいたぶりながら、座っている俊介に迫ってきた。抱きつくような感じで彼に身を寄せてくる。俊介は彼女がつけている上品な香水の匂いに包み込まれ、ペニスをコチコチに硬くしてしまった。

すると、京香は彼の耳元に唇を近づけ、俊介の耳に熱い吐息を吹きかけてきた。フェイスブラシも休まず動いており、乳首と耳の両方を責められてしまったのだ。

「吉崎君、どんな感じ？」

京香が耳元でそう囁き、セクシーな声が俊介の鼓膜を震わせた。それは彼女がテレビでニュース原稿を読んでいるときには絶対に聞くことができない声だった。官能小説を朗読してもらうどころではなく、京香の生のセクシーボイスを聞いているのだ。

「ううっ、気持ちいいです……」

「喜んでもらえて嬉しいわ」

乳首を責め立てていた化粧用のブラシはゆっくりと下の方におりていった。毛先でへそをくすぐって、さらにそそり立つペニスに向かって真っ直ぐ進んでいった。ブラシの先が陰毛に絡みつき、とうとうペニスにたどり着く。

「くうっ……」

フェイスブラシが最初に襲いかかったのは張り詰めた亀頭だった。亀頭の表面を毛先でひと撫でされるだけで、俊介の口から変なうめき声が出てしまった。

「フェイスブラシがもうヌルヌルになっちゃったわ」

たちまちのうちに、フェイスブラシの毛先は先走り液にまみれてしまった。今度はそのぬめりを亀頭全体に塗りつけられてしまう。京香は暴れ回るペニスに対し、まるで画家が絵筆を振るうようにフェイスブラシを縦横無尽に動かしていた。尿道口の部分を毛先でつつき回されると、あまりに気持ちよすぎて、俊介は車の座席から転げ落ちそうになってしまった。

京香はいつもこんなふうに相手の男性をいじめるようなセックスをするのだろうか。ニュース番組のキャスターであると同時に、彼女は成熟した大人の女性だから、男性のペニスを握ったりしゃぶったりすることもあるに違いない。

次に責められたのは、カリ首の溝の部分だった。京香の操るフェイスブラシはその部分を丹念に摩擦していった。溝に沿って掃くようにぐるりと移動し、表側も裏側もいたぶられてしまう。

それから京香は、柔らかな毛先で亀頭の裏側の皮のつなぎめの部分を集中的に刺激し、そのあと、ブラシの毛先は反り返ったサオの裏側を根元に向かって移動していった。ついでに、玉袋までフェイスブラシの洗礼を受けてしまう。

「ああっ、西谷さん……」

憧れていた美人キャスターに責められて、俊介は悶えっぱなしだった。たった一本のメイク道具でこんなに気持ちよくなってしまうなんて信じられなかった。だが、フェイスブラシの刺激だけでは射精するところまではいかない。非常に気持ちいいのに、射精させてはもらえないのだ。俊介はその焦らされてもどかしいような快感に翻弄《ほんろう》されてしまった。

3

「これだけ罰を与えれば十分だわ。もう他人の車に勝手に乗り込んだりするのはやめなさいね」

ところが、京香はそう言うと、彼のペニスをフェイスブラシで弄ぶのを途中でやめてしまった。そんなことをされると、俊介はもどかしさで気が狂いそうになってしまった。

「ところで、吉崎君、ここからが本題よ。私と取り引きする気はないかしら」

「取り引きですか……」

「そうよ。私は盗撮事件に関する情報がどうしても欲しいの。吉崎君がそれを提供してくれるなら、もっと気持ちいいことをしてあげてもいいわ。どう？」

俊介はちょっと迷ってしまった。せっかくここまでやってもらったのに、これで終わりというのは悲しすぎた。何としても続きをやってもらわなければ、体がおかしくなってしまいそうだった。

その一方で、あのCD-ROMを京香に渡した場合、非常にややこしいことになるのは目に見えていた。あれは爆弾のスイッチのようなものであり、それを京香に渡せば、彼女は何が何でもスイッチを押そうとするだろう。俊介もその爆発に巻き込まれることになってしまう。

京香がフェイスブラシを使っていろいろ気持ちいいことをしてくれたのは、何か俊介に対して特別な感情を持ってくれていたわけではなく、彼から情報を引き出すためだろう。それがわかっていながら俊介は京香の責めにこんなにも翻弄されてしまっているのだ。

「どうするかよく考えたらいいわ。何だか暑くなってきちゃったわね。上着を脱がせてもらうわよ」

そう言いながら、京香はジャケットを脱ぎ捨ててしまった。すると、その下には長袖のブラウスではなく、ノースリーブのシャツを着ていた。上着に隠され、まさかノースリーブを着ているとは思わなかったので、俊介はちょっと驚いてしまった。

色合いや胸元のデザインは普通だったが、袖がないと妙に無防備であり、肩がむき出しになっているだけでかなり露出的だ。

京香が少し腕を上げると、むだ毛をきれいにカットしてある脇の下が見えた。そこがあらわになるだけで、非常になまめかしく思えた。美人キャスターの生の脇の下などそう簡単には見ることができないに違いないのだ。俊介は京香の脇の下の匂いを嗅いでみたいと思った。

そのノースリーブのシャツは脇の部分が開放的になっている。そのため、そこから京香のブラジャーがチラチラと見え隠れしていた。俊介はその脇の部分に頭を突っ込みたくなってしまった。

誘惑というほどのものではないだろうが、京香のなまめかしいボディパーツを見せつけられ、俊介はもうこれ以上、彼女の魅力に抵抗できそうになかった。どちらにせよ、ちょっと迷ったといっても、自分がどちらを選択するかは最初から決まっていたのだ。童貞の高校生が美人キャスターの魅力に勝てるはずがなかった。

「僕、西谷さんのお役に立てるかもしれません……」

「そう、ありがとう。詳しい話はあとで聞かせてくれればいいわ。吉崎君のここはもう待ち切れないみたいだもの」

京香はそそり立つ俊介のペニスを優しく握り締めてくれた。それから、張り詰めた亀頭を手のひらでそっと包み込む。

「はあっ……」

「吉崎君には付き合っている女の子はいるの?」

「い、いいえ、いません……」

「そうよね、吉崎君のような男の子の魅力は十代の女の子にはわからないのよ。私も十代の頃はそうだったけど、彼女たちは年上の男性に憧れちゃうのよね。吉崎君みたいな可愛い弟タイプの男の子の魅力は、今の私くらいの年齢にならないと理解できないのかもしれないわ。だから、安心しなさい。私がたっぷり可愛がってあげるから」

京香のそんな言葉に俊介は少し勇気づけられた。嬉しいことに、彼女が俊介を可愛がってくれるのは、単に仕事のためだけではないようだった。

そんな会話をかわしながらも、京香の手は動き続けていた。手のひらを先走り液まみれにしつつ、亀頭を撫で回してくれている。

彼女の手を汚してしまい、申し訳なく思ったが、京香はむしろ先走り液を潤滑剤にして亀頭を摩擦しているようだった。

京香は絶妙なタッチで俊介のペニスを撫で回していた。手のひらだけでなく、五本の指も総動員して亀頭を揉みほぐすようにいたぶっている。しかし、先ほどのフェイスブラシで責められるより刺激が強かった。

「次は、座席の上で四つん這いになって、こちらにお尻を向けなさい」

京香はまるで女教師のように俊介にそう命令した。しかし、そんなことをしたらアヌスが丸見えになってしまう。彼女は俊介にそんな格好をさせて、一体、何をするつもりなのだろうか。

「さあ、早く」

今や、俊介は京香のペットのようなものだった。ペットは飼い主の命令に逆らったりしないものだ。俊介はペニスを勃起させたまま、座席の上にのり、犬のような四つん這いになった。

「恥ずかしい格好ね。お尻の穴が丸見えよ」

京香は言葉でも俊介をいじめようとした。恥ずかしさはつのるばかりだったが、それとは反対にペニスはますますビンビンになってしまった。

「本当はこっちの方も気持ちいいんじゃないの」

「そ、そこは……」

京香は再びフェイスブラシを使い始めた。どこに使ったかというと、それは何と俊介のアヌスだった。いや、最初からアヌスを責めたわけではなく、尻の溝に沿ってフェイスブラシを移動させていくのだが、その行き着く先は一つしかなかった。

「ほら、お尻の穴がヒクヒクしているわよ」

京香にアヌスを覗き込まれ、そんなことを言われると、恥ずかしくて仕方がない。しかし、フェイスブラシでアヌス皺をこすり回されると、そんな恥ずかしさが吹き飛んでしまうほどの快感が襲いかかってきた。

乳首のときと同じように、アヌスがこんなに気持ちいいなんて驚きだった。アナルセックスというものがあることは知っていたが、男である自分がアヌスを責められて悶えてしまうとは思わなかったのだ。

俊介はしつこく肛門の入口をフェイスブラシでくすぐられてしまった。不思議なのは、アヌスを責められて気持ちいいのは肛門そのものではなく、その刺激が前に伝わり、ペニスの方がさらに激しく勃起してしまうことだった。二つのパーツは場所的には確かに近いところにあるが、全然、別の器官であるアヌスとペニスがどのようにつながっているかは俊介にとって謎だった。

今の俊介の格好を同級生が見たらどう思うだろう。下半身丸出しで尻を突き出し、あらわになったアヌスをフェイスブラシで弄ばれているのだ。それは彼にとって、恥ずかしさとおかしさと気持ちよさが入り混じったポーズだった。

「吉崎君は反応が素直だから、責めがいがあるわ。ここもいじめてあげるわね」

アヌスから離れたフェイスブラシがもう少し下にさがってきた。四つん這いになっているので、アヌスの下にぶらさがっているのは玉袋だった。京香はアヌスと玉袋をつなぐ筋のような部分に毛先を走らせた。これがまた気持ちよかった。

それから、玉袋を徹底的にいたぶられてしまう。京香は玉袋の皺に沿って毛先をすべらせ、特に玉袋の裏側を中心にフェイスブラシで責めまくった。マスターベーションのときにも、そんなところは触ったこともなかったので、俊介は初めて体験する快感に身悶えてしまった。

「ふふふっ、皺くちゃの袋の中で睾丸が盛んに動いているわ。きっと精子をいっぱい作っているのね」

美人キャスターの口から、「睾丸」とか「精子」という言葉が飛び出してきた。それはニュース番組の中ではまず聞くことができないような言葉だった。

尿道口からは大量の先走り液が滲み出している。普通、先走り液は透明だが、既に精液が混じり始めているようで、ちょっと濁ったような感じになっていた。

「ヤダ、オチ×チンの先っぽから、変な液体が垂れそうになっているじゃないの」

俊介は最初、聞き間違いかと思った。京香が「オチ×チン」と言ったのだ。それは「睾丸」や「精子」よりもさらに衝撃的でエロチックな言葉だった。

確かに先走り液の量が多すぎて、糸を引いてシートの上に垂れ落ちそうな気がする。京香はそれを阻止するため、前に手を回し、膨れ上がった亀頭に手のひらをかぶせた。

亀頭を手のひらで撫で回され、アヌスと玉袋をフェイスブラシで刺激されて、二つの部分をいっぺんに責め立てられてしまった。それぞれを別々に責められても十分気持ちいいのに、両方の刺激が組み合わさると、効果が倍増し、複合的な快感が際限もなく膨れ上がってしまうのだ。

だが、今回は先ほどと違って、いつまでも亀頭を撫で回してはいなかった。京香は指を亀頭からサオの部分にずらし、硬直したものをしっかりと握り締めて、反り返ったペニスをゆっくりとしごき始めた。

俊介はマスターベーションのときもそうやってペニスをしごいていたが、やはり美しい年上の女性にやってもらうのは気持ちよさが全然違っていた。握り方にもしごき方にもどこか女性らしい優しさがあったが、そこには大胆でダイナミックな感じも秘められているように思われた。

「吉崎君のオチ×チン、本当に硬いわね。この部分だけ金属でできているみたいだわ」

もうフェイスブラシで責められたり、亀頭を撫で回されたりしているときのようなもどかしさはなかった。俊介のペニスは本格的にしごかれていた。そのため、射精に直結するような快感がどんどん上昇していき、あっという間にギブアップの状態に追い詰められてしまった。

京香のほっそりとした指が幹の部分に巻きつけられている。それがカリ首の溝とサオの根元の部分の間をリズミカルに往復するたびに、俊介は一歩一歩、射精の瞬間に向かって突き進んでいく。限界が迫ってくる。

「も、もうダメです……」

「我慢しないで、いつでも好きなときに出しなさい」

京香はそう言ってくれたが、一つだけ大きな問題があった。このまま射精してしまったら、後部座席のシートにザーメンをぶちまけてしまうことになる。京香はその後始末のことまで考えてくれているのかいないのか。

どちらにしても、これ以上我慢し続けるのは無理だった。ザーメンの後始末をどうするかという問題についても、もうそこまで頭が回らなかった。京香の手が俊介のペニスをしごき倒そうと往復運動するスピードもグングン速くなっていった。

「ううう っ、出る……」

「思い切り出しなさい、思い切り！」

俊介の口から情けないうめき声が漏れた瞬間、彼の腰が痙攣《けいれん》し始めた。そして、その痙攣に合わせて、とうとう俊介は勢いよく射精してしまった。大量のザーメンが連続して発射されてしまう。

しかし、ザーメンが座席に撒き散らされることはなかった。発射の直前に、京香が俊介のペニスの前に紙コップをあてがったからだ。元はその紙コップの中にコーヒーが入っていたが、俊介がこぼしてしまい、今はそのかわりにミルクのように白い精液が溜まりつつあった。

尿検査をするとき、そんなふうに紙コップの中に尿を溜めるが、今、発射されているのは新鮮な白濁液だった。俊介は美人キャスターの手で射精へと導かれる快感を存分に満喫していた。

俊介がザーメンを出し尽くしてしまうと、京香は少し指先に力をこめてペニスを握り締め、最後の一滴までしぼり取ってしまった。

京香のつけている香水の匂いとザーメンの栗の花の匂いが混ざり合い、車の中はとてもエロチックな空間に変化してしまっていた。

第三章　キャスターの秘部

1

翌日は土曜日で、学校は休みだった。午後になって、俊介は駅の近くにあるホテルを訪れた。ここに京香が宿泊しているのだ。

通り魔事件と盗撮事件の取材が重なっていて、京香はこのホテルを拠点として利用しているようだった。とはいっても、必ずしもここで毎日寝泊まりしているわけではなく、自宅に戻ったりここからテレビ局に向かったりすることもあると彼女は話していた。

結局、俊介は自分が例のＣＤ-ＲＯＭを持っていることを白状させられ、それをホテルまで持ってくるようにと京香に言われたのだ。しかし、彼はそのＣＤ-ＲＯＭを盗撮された女子トイレのあるフロアーで拾ったとしか京香に言わなかったので、彼女はまだ平沼が犯人であることを知らなかった。何となくそこまで言わない方がいいと思ったのだ。事実の一部を隠しただけで、別に嘘をついたわけではなかった。

京香は朝のニュース番組で中継を行なったが、午後は取材以外には何も仕事が入っていないようだった。俊介が提供することになっている新情報については、この土日でその内容を検討し、月曜日の夕方のニュースで発表するつもりらしい。

ホテルのロビーから京香の携帯電話に連絡を入れたが、仕事でもしていたのか、彼女が電話に出るまで少し時間がかかった。俊介は部屋番号を教えられ、ドキドキしながらエレベーターに乗り込んだ。

もう昨日のようなことはしてくれないかもしれないが、京香の部屋に行くというのはやはり俊介にとって特別なことだった。彼女が俊介に恋愛感情を持ってくれているとは思えないが、彼のことを気に入ってくれており、可愛がってくれているのは間違いなかった。そうでなければ、情報を得るためとはいえ、あんなことはしてくれないだろう。

ドアをノックすると、京香はすぐに部屋の中に入れてくれたが、何と彼女はバスタオル姿だった。髪や肌が濡れており、どうやらシャワーを浴びている途中だったようだ。だから、電話にもすぐ出ることができなかったらしい。

「ごめんなさい、こんな格好で。約束の時間なのにうっかりしていたわ。このところ忙しくてゆっくりシャワーを浴びている暇もなかったから」

裸にバスタオルを巻きつけただけの京香の姿は童貞の高校生にはまぶしすぎた。バスタオルには洗練されたボディラインがくっきりと浮かび上がっている。

バストは特別大きくはないようだったが、元々、体つきがスレンダーで、ウエストが十分くびれているので、それなりにボリューム感があるように見えた。胸の谷間がチラッと見えている。バスタオルを体に巻きつけているだけなので、目を凝らせば、タオルの上から乳首の位置を確認することができそうな気がした。

今、京香はバスタオル一枚を身につけているだけで、その下はノーパンノーブラなのだろう。そう考えると、俊介の視線はどうしても彼女の下半身に引き寄せられてしまった。実際、後ろから見ると、バスタオルがヒップにはりつき、尻の割れ目がタオルの布地にはっきりと刻み込まれていた。

むき出しになった太ももも素晴らしかった。色っぽくてちょっとムッチリしており、全体的にはセクシーなレッグラインを形作っている。

「着替えてくるから、待っていてちょうだい」

京香はそう言うと、脱衣室に姿を消した。あんなに無頓着に大股で歩いたりして、もしバスタオルがはずれてしまったらどうするつもりなのだろうかと俊介は思った。

　ちゃんと服を着てくるのかと思ったら、京香はバスローブを羽織っただけですぐに部屋に戻ってきた。多分、バスローブだけで、下着は身につけていないに違いない。バスタオルだけのときよりは露出している部分が少なくなり、ボディラインもわかりにくくなっていたが、俊介にとって刺激的な格好であることは変わりなかった。

　京香の態度に変わったところはなく、こんな格好をしているからといって、彼女が俊介を挑発しているというわけではなさそうだった。京香は服装のことなど気にしないらしい。

「さあ、問題のＣＤ-ＲＯＭを見せてちょうだい」

　俊介は外出するときいつも持ち歩いている小さなバッグから、例のＣＤ-ＲＯＭを取り出した。京香はそれを受け取ると、自分のノートパソコンにセットし、動画のデータを再生した。

　盗撮された映像を見つめる彼女の目は真剣で、まさにプロのジャーナリストという感じだった。

「これをこのまま放送することはできないけど、重要な手がかりであることは間違いないわ。あとはこの素材をどうやって料理するかね。とりあえず、動画のデータのコピーをとらせてちょうだい」

俊介は部屋にあった椅子に座り、京香がパソコンを操作するのを眺めていた。ホテルの椅子の座り心地が悪かったわけではないが、彼はどうもそわそわして落ち着かなかった。トイレ盗撮の動画を京香と一緒に見てしまったため、またもやペニスが勃起してしまったのだ。

もちろんバスローブ姿の京香の存在も俊介の興奮をあおっていた。彼女が近くにくると、ボディソープのいい匂いがした。それに、こんなふうにホテルの部屋に京香と二人だけでいると、どうしても昨日のことを思い出してしまうのだ。

CD‐ROMを検証しているとき、京香はプロのジャーナリストとして振舞っていた。ところが、それが終わった途端、急に態度がなまめかしくなってきた。

「情報提供者である俊介君には何かお礼をしないといけないわね。何がいい？」

「別に、その……」

「遠慮することはないのよ。俊介君はエッチだから、昨日のようなことをまたしたいんじゃないの？」

そう言いながら、京香は俊介の股間に手を伸ばし、ズボンの上から勃起したペニスをグイッとつかんだ。

「ほら、やっぱりそうだ。ここは正直ね」

そんなところをつかまれてしまったら、もう俊介は京香の言いなりだった。今や彼女は、仕事モードからプライベートモードに完全に切り替わっていた。年下の男の子を可愛がることにより、仕事の息抜きをするつもりなのかもしれなかった。

「私はバスローブしか身につけていないのに、俊介君が服を着たままなのは不公平だわ。そんなの早く脱ぎなさい。今日は全部よ」

エロチックな期待感を覚えながら、俊介は着ているものを脱いでいった。昨日、既に京香の前で下半身は裸になっていたが、全裸というのはまた恥ずかしさの度合いが違っていた。京香はバスローブ姿のまま、彼が服を脱いでいくのを楽しそうに眺めている。

こんなことをしていると、まるで京香の前で男の自分がストリップをしているみたいだった。確かに男性ストリップというものもあるようだが、今の俊介は、いわば京香専属の男性ストリッパーというわけだ。

京香の色っぽい視線が俊介に向けられている。そんな視線を向けられたら、どんな男性でもいちころだ。さっきまではプロのジャーナリストだったのに、今の彼女はただの大人の女に戻っていた。もちろんテレビでそんな素顔を見せたことはない。

「恥ずかしがってないで、気をつけをしなさい」

全裸になった俊介に京香がそう命じた。俊介は勃起したペニスを手で隠すことも許されず、気をつけの姿勢をとらなければならなかった。勃起している場合、気をつけをすると反り返ったペニスが一番目立ってしまう。

「ふふふっ、頼もしいのね」

京香はまたも勃起したペニスを握り締め、張り詰めた亀頭を撫で回した。まるでそれが自分のものであることを主張しているかのような握り方だった。どちらにせよ、俊介は既に身も心も彼女に捧げていた。

「俊介君は私のファンだと言ってくれたわね。でも、私がこんなことばかりするんで、幻滅しちゃったんじゃないの」

「そ、そんなことありません……」

「誤解しないでほしいんだけど、私は年下の男の子が相手なら誰に対してもこういうことをするというわけじゃないのよ。俊介君が何だか自分の弟みたいで可愛くて気に入っちゃったから、ついちょっかいを出しちゃうの」

「だ、だけど、僕じゃなくても、芸能界には魅力的な男の子がいっぱいいるんじゃないですか。例えば、J事務所のアイドルの男の子たちとか……」

俊介は思わずそんなことを言ってしまった。人気のアナウンサーである京香なら、芸能人と顔を合わせる機会も多いのではないかと思われた。

「J事務所の子なんてダメよ。あの子たちは見た目は確かに可愛いけど、中身はもう大人だわ。純真さがないのよ。プロに徹しているという点ではさすがだけど、年下の男の子としての魅力はもう失われているわ」

実際、京香の言う通りかもしれなかった。アイドルというのは一つの商品であり、人間的には何かが欠けてしまっているのだろう。

「キャスターという仕事も、結構、大変なのよ。好きな仕事だから苦痛ではないけど、ただ取材をしたりニュースを読んだりしていればいいというわけではないし。後輩のアナウンサーも次々と登場してくるから、キャスターとしての実績を上げないと、すぐに追い抜かれてしまうわ」

だから、京香はいろいろな手段を使って、事件の情報を得ようとしているのか。

「仕事が忙しくて、プライベートな時間もとれないから、ストレスも溜まるし。

働いている女性はみんなそうなのよ」

だとすると、あのクールな冴子もときにはストレスを発散したいと思ったりするのだろうか。

「だから、今日は何も考えずにたっぷり楽しませてちょうだい」

京香は妖艶な笑みを浮かべながらそう言った。

「俊介君は私とどんなことがしたいのかしら。また昨日みたいに、フェイスブラシで可愛がってあげましょうか」

「僕、あの……」

「遠慮せずに言ってごらんなさい。私にできることなら、望みをかなえてあげるから」

「できたら、今日は僕の方があの化粧用のブラシで、西谷さんを気持ちよくしてあげたいんです……」

「西谷さんなんていう他人行儀な呼び方はやめなさい。京香でいいわ」

憧れの美人キャスターとこんなに親しくなれるなんて夢のようだった。今の自分は京香を独占しているようなものなのだ。

「俊介君が私を気持ちよくしてくれるっていうの？　楽しみだわ。今、コスメポーチを持ってくるわね」

京香はコスメポーチを開けると、一番大きなフェイスブラシを俊介に渡した。

「フェイスブラシで責められるのなんて初めてよ。ベッドに行きましょう」

京香は俊介の手を取り、ベッドに連れていった。ペニスが勃起したままなのでちょっと歩きづらかった。

彼女はバスローブ姿のまま、ベッドに横たわった。バスローブで隠されてはいたが、起伏の多い京香のボディラインを目にすることができた。

「来て。バスローブを脱がせてちょうだい」

フェイスブラシを握り締め、彼女のバスローブ姿に見とれて、ペニスを勃起させたままベッドの脇に突っ立っている俊介に対し、京香がそううながした。

俊介は自分もベッドの上にのり、バスローブのウエストの帯に手をかけた。震える手で帯をほどく。

帯を取り去ると、バスローブの前の部分が少しはだけたが、まだ柔らかそうなバストや恥丘に生え揃ったアンダーヘアは見えなかった。

俊介は恐る恐るバスローブをめくり、京香の裸体を露出させた。彼女は自らバスローブの袖から腕を抜き、完全に脱ぎ捨ててしまった。

た。

「京香さん……」

頭の天辺から足の爪先まで京香の裸体は完璧だった。整った顔立ちにはリラックスした表情が浮かんでいる。切れ長の瞳は妖しい光を帯びていた。バストは巨乳ではないが、美しく悩ましげな形をしている。乳首と乳輪は決して大きいわけではないものの、しっかりとした存在感があり、程よく色づいていた。

ウエストはモデル並みに細くくびれ、色っぽいヒップラインへとつながっている。ムッチリと張り詰めた太もも、形のよいふくらはぎと細い足首、そして足の爪には上品な色合いのペディキュアが塗られていた。

太ももの付け根の部分に視線を戻すと、手入れの行き届いたアンダーヘアが生え揃っているのが見えた。先ほど、シャワーを浴びたばかりなので、ヘアは少し湿っているようだ。ヘア自体は意外と密集しており、濃いめだったが、生えている範囲は非常に狭かった。恥丘に小さな逆三角形を形作っている。

そのため、大陰唇の真ん中に刻み込まれたスリットも確認することができたが、まだワレメが閉じているので、花びらが卑猥にはみ出したりはしていなかった。

「乳首が疼いて仕方がないわ。この疼きをしずめてほしいの」

俊介は京香のバストにフェイスブラシを近づけていった。だが、最初から乳首を責めたりはしなかった。乳首はとても敏感なのだ。自分も昨日、京香に乳首を責められたので、そのことはよくわかっていた。

やはり、あえて乳首を責めないことにより、自分も感じた焦れったいような興奮を京香にも味わわせてみたかった。そこで、まずは毛先を乳房の裾野に押しつけ、円やかなバストラインをたどっていった。

俊介はブラシの毛先を慎重にバストに接触させていたが、それでもほんの少し力が加わると、柔らかな乳房は変形してしまった。それだけ柔らかいのだ。だが、ブラシを離せば、バストの歪みも元に戻り、その洗練された美しい円やかさが復活する。その内側に秘められた弾力性は驚くべきものだった。だからこそ、京香のバストは体の向きをどのように変えても形が崩れることはなく、美しいバストラインを保っていられるのだ。

「フェイスブラシって、くすぐったいのに気持ちいいのね。こんなもので責められるのは初めてだわ」

京香は昨日フェイスブラシでさんざん俊介を弄んでおきながらそんなことを言った。

「このフェイスブラシはリスの毛で作られているのよ。だから、リスの尻尾で体を撫でられているようなものね」

続いて、俊介は乳房の下側や胸の谷間を攻撃してみた。二つのバストの間に、ブラシの毛先を潜り込ませる。ブラシが胸の谷間で挟み込まれるような形だった。フェイスブラシを動かすと、その動きが悩ましげな揺れとなって両側の乳房に伝わっていった。乳房の表面が波打っている。はしたない揺れは乳房全体に伝わっていき、尖りかけた乳首を妖しく震わせた。

「ふううっ……」

乳首を震わせながら、京香が甘い溜め息をついた。ここは普通のホテルだが、彼女が色っぽい溜め息をつくだけで、一瞬のうちにラブホテルのようなエロチックな空間に変化してしまった。

俊介はフェイスブラシを胸の谷間から抜き去り、乳房の表面をすべらせていった。だが、疼き出した乳首に接触させることはなく、乳輪にも触れずにそのまわりをぐるぐる回してみた。

「どうして乳首をいじめてくれないの？　意地悪しないで……」

とうとう京香がそう言い出した。尖り出した乳首がもどかしくてたまらなくなってしまったのだろう。

俊介はリクエストにこたえ、まずは乳輪をフェイスブラシでこすり回してあげた。その刺激を待ちわびていたのか、京香はそれだけで身を震わせてしまった。

「ああんっ……」

俊介はフェイスブラシの毛先を乳首の先端に接触させた。京香は切なそうに喘ぎ、乳房全体に広がっていく快感に身を任せていた。

俊介はフェイスブラシの毛先でコリッとした乳首をつつき回し、本格的に責め始めた。毛先で乳首の尖がりをこね回したり、乳首の付け根の部分をえぐるように刺激したりしてやる。

責めれば責めるほど乳首は小刻みに震えてしまい、その揺れが水面にできた波紋のように周辺に広がっていった。まるで乳首は快感のボタンのようであり、それを押すと、バスト全体がはしたなく乱れてしまうのだ。

「はううっ……」

京香の反応は素直だった。しかし、さすがに大人の女性だけあって、その反応には恥じらいが含まれていた。俊介のペニスを見ても、彼女は恥ずかしがったりしなかったが、自分が感じている姿を見られるのは恥ずかしいらしい。それほど大げさな恥じらいではなかったが、俊介は非常に興奮してしまった。

両方の乳首を存分に責めたあとで、俊介はフェイスブラシを新たな場所に移動させた。それは京香の脇の下だった。昨日、彼女の脇の下を目にしたときから、ずっとその部分が気になっていたのだ。俊介は京香に腕を上げてもらい、むき出しになった脇の下を覗き込んだ。

「俊介君は変なところに興味があるのね」

そう言いながらも、京香は嫌がることなく、俊介の行為に付き合ってくれた。腕を上げると、少しバストがそちらに引っ張られる感じだ。

手入れを怠っていないらしく、京香の脇の下は完全な無毛だった。剃ったあとの処理もちゃんとしており、毛穴も汚くなってはいない。脇の下の匂いを嗅いでみると、その匂いは体の他の部分より悩ましげで刺激的だった。俊介はフェイスブラシの毛先を彼女の脇の下に押しつけ、摩擦した。

「はあんっ、くすぐったいわ……」

だが、京香が感じているのはくすぐったさだけではないようだった。その証拠に彼女の喘ぎには甘ったるい響きがあった。

脇の下をいたぶり続けていると、京香ははしたなく悶えだし、張りのある乳房も弾んでぶつかり合ってしまった。一つの刺激が彼女のしなやかな肢体を通じて全身に波及していく様子が興味深かった。

俊介はフェイスブラシを次の目的地に向けて移動させた。毛先を脇腹まで動かしていったのだ。

「あううっ、そこもちょっとゾクゾクしちゃう……」

京香は脇腹も弱いようだった。乳首ほどではないが、ウエストのくびれた部分が敏感なようだ。毛先が徐々に下半身に近づきつつあるという淫らな期待感も影響しているのかもしれない。

それにしても、京香の肌はどこもなめらかでスベスベしていた。色白だが、不健康な白さではない。女子高生に負けないくらいの若々しさを保ちながらも、そこには大人の女性のしっとりしたなめらかさがあった。彼女が感じてくるにつれ、京香の肌は色っぽいなまめかしさを増してきているような気がした。

そんな美しい肌を柔らかな毛先で刺激しつつ、俊介はフェイスブラシを京香の下半身目指してすべらせていったのだった。

2

「京香さん、もっと足を広げて下さい」

「わかったわ」

いよいよ美人キャスターのヴァギナをこの目ではっきり見ることができるのだ。

京香はベッドの上に仰向けに横たわったまま、ゆっくりと足を開いていった。

「こ、これが京香さんの……」

あらわになった女性のヴァギナを目の当たりにし、俊介は大きな感動と興奮を覚えた。その秘密のパーツには見ているだけで興奮を呼び起こす力があった。

「俊介君は女性のアソコを見るのは初めてなの？」

「は、はい……」

インターネットで探せば、無修正のヌード画像を見つけるのもそれほど難しいことではなかった。だから俊介も写真では見たことがあるし、女性のヴァギナがどんな形をしているか、一応知ってはいたが、実物を目にするのはこれが初めてだ。

「じゃあ、ちょっと恥ずかしいけど、我慢するからしっかり見なさい」

京香はヴァギナを年下の男の子に披露し、恥ずかしさがこみ上げてきているようだったが、あくまでもこの場の主導権を握っているのは自分であるというスタンスを崩そうとはしなかった。

アンダーヘアが恥丘だけに密集しているのは、きちんと処理しているからなのか、大陰唇の部分には一本も見当たらなかった。そのため、その真ん中に刻み込まれたワレメを覆い隠すものは何もなく、すべてが丸見えになった。

ワレメは恥丘に生えた逆三角形状のヘアの頂点のあたりから始まり、ヒップの方まで続いている。

仰向けになっているので、アヌスは見えず、肛門につながっている会陰の筋の途中までが確認できた。

ワレメの始まりの部分にポツンとあるのはクリトリスに違いない。クリトリスそのものは包皮にくるまれていて見えないが、そこはかなり敏感な部分らしい。

クリトリスの下の部分からエロチックなスリットがしっかりと刻み込まれていた。スリットの左右の大陰唇は、ちょっとふっくらとした感じだ。

ワレメから何かが少しだけ顔を覗かせていたが、花びらと呼ばれるにふさわしいほど大きくはみ出してはいなかった。それに、今はまだワレメは閉じた状態だった。

よくヴァギナの色はピンク色とか桜色とか言われるが、そういう色合いの部分は、今のところ、見えてはいないようだ。ワレメの縁の部分は、若干、色が違うようだが、ほかのところはまわりの肌の色とそれほど変わらなかった。

つまり、京香のヴァギナはまだその全貌を現してはいないのだ。それでもこんなにエロチックに感じられるのは、あのワレメの内側にどんなになまめかしいものが隠されているか想像してしまうからかもしれない。

そのすべてが明らかになったとき、俊介は京香のヴァギナが持つ淫靡《いんび》な力に圧倒されてしまうに違いなかった。自分がこれからそんなエロチックなパワーを秘めたパーツを攻略しようとしていることに、俊介はますます興奮してしまった。

しかし、京香のヴァギナを悪戯するにあたり、問題が一つあった。今の状態では京香のヴァギナを責めづらいのだ。どうしたらいいか考えていると、ちょっとしたアイデアが浮かんだ。

「あ、あの、お願いがあるんですけど……」

「何かしら？」

「フェイスブラシを使いやすいように、京香さんの体を動かしてもいいですか」

「いいわよ。どうすればいいの？」

「ちょっと腰を持ち上げさせて下さい」

俊介は仰向けになっている京香の爪先の方に回り、両足を曲げさせ、持ち上げてしまった。彼自身は正座をするような格好になり、自分の膝の上に京香の腰をのせてしまう。

「あんっ、これ、ちょっと恥ずかしすぎるわ……」

「でも、この方がやりやすいんです」

これはアダルトビデオなどによく出てくるマングリ返しと呼ばれるポーズだった。俊介もインターネットでダウンロードした動画などでしばしば見かけていたので、深く考えることもなく、この大胆なポーズを試してしまったのだ。

京香が恥ずかしがるのも当然だった。腰が持ち上がり、足が曲げられているので、アヌスまで丸見えになってしまっている。おまけに、俊介が彼女の股間を覗き込むようにすると、俊介の顔と京香のヴァギナがかなり接近し、その淫靡なパーツの細部まで観察することができた。

美人キャスターにマングリ返しの格好をさせ、そのアヌスまでさらけ出させることに成功した男はそんなに多くないに違いない。

俊介の場合はセックスの初心者だったので、逆にそんな大胆な痴態を京香に披露させることができたのだ。

「京香さん、大丈夫ですか。アソコが開いちゃってますよ」

別に京香を恥ずかしがらせようと思ってそんなふうに指摘したわけではなかったが、彼女は俊介の膝の上で腰を小刻みに痙攣させ、その恥辱感は一気に高まってしまったようだった。

両足が先ほどよりもずっと大きく広げられているので、どうしてもワレメ自体が開帳してしまうのだ。スリットが開き気味になり、縁の部分が徐々にはみ出しつつあった。アヌスの方は反対にギュッとすぼまっている。

俊介が最初に狙いをつけたのはクリトリスだった。クリトリスは大変敏感で、注意深く扱わないと快感よりもむしろ苦痛を与えることになってしまうという話だ。だが、このフェイスブラシは毛がとても柔らかいので、それほど強い刺激を与える心配はなかった。

「はああっ、そこ、もっと強くこすってくれても大丈夫よ……」

京香にそう言われ、俊介はフェイスブラシをさらに激しく動かしていく。クリトリスを覆っている包皮をめくるような感じで、大きく左右に動かした。

「あはんっ、いいわ、その調子……」

フェイスブラシがクリトリスに接触すると、京香は切なそうに腰を打ち震わせた。その震えがペディキュアの塗られた爪先まで伝わっていく。それに加え、下半身が動くことにより、上半身もその影響を受け、柔らかなバストが色っぽく揺れてしまった。

俊介はフェイスブラシの毛先でクリトリスをチョンチョンとつついたり、ブラシを回転させてこね回すような刺激を加えてみた。すると、京香はますます大きな反応を示し、はしたなく乱れてしまったのだ。

「くううっ、ううう……」

京香は腰を振り乱し、俊介の膝の上から転げ落ちそうになってしまった。成熟したヒップが悩ましげにくねる様子が何とも色っぽい。

フェイスブラシ一本で年上の女性をこんなに乱れさせることができるなんて、何だか不思議だった。俊介は京香の乱れる様子を見ていると、少しは自分に自信を持つことができるような気がした。

多分、経験のない俊介が普通に京香の体を愛撫していたら、こんなに悶えさせることはできなかっただろう。

昨日、俊介自身が京香にフェイスブラシで責められたことがいい手本になっていた。男と女では感じる部分が多少違うが、大体、同じようにブラシを扱えばいいのだ。女性を責めるという行為がこれほど興奮させられることだとは思わなかった。

「あっ、京香さんのオマ×コが……」

それまではクリトリスにばかり気をとられていたが、ふとヴァギナをよくを見てみると、凄いことになっていた。ワレメがさらに大きく開き、まさしく花びらのようなものがはみ出していたのだ。

しかし、花びらといっても、そんなにベロッとはみ出しているわけではなかった。でも、確かにさっきよりははみ出し方が激しくなっていて、形もよく似ている。花びらは正式には小陰唇と呼ばれるらしいが、このパーツは普段は引っ込んでいて、感じてくるとこんなふうに大胆にはみ出してしまうようだった。

それに、ワレメがだいぶ開き気味になり、その内側の秘肉があらわになっていた。色は透明感のある桜色だ。初々しいという感じではないが、美しさと淫らさがほどよくミックスされている。

男性のペニスは興奮してくると大きくなり、硬く勃起する。しかし、女性のヴァギナもこれほど大きな変化を示すとは思わなかった。ヴァギナの形状が変わってしまうほどなのだ。

俊介は早速、フェイスブラシを京香のヴァギナにあてがった。こんなになっているのに責めないわけにはいかなかった。

ワレメに沿ってフェイスブラシをすべらせる。毛先を軽くスリットにめり込ませると、花びらが卑猥にめくれ返ってしまった。ブラシが通過すると、花びらが蠢《うごめ》くような動きを示した。

「はああっ、あああっ……」

「あれ、京香さんのオマ×コ、濡れているみたいですよ」

「嘘よ。さっき浴びたシャワーのせいじゃないの」

京香はそう否定したが、ヴァギナが濡れているのは事実だった。しかも、そんなふうに濡れてしまっているのはワレメにシャワーの湯が残っていたからだとは思えなかった。

ワレメをなぞったフェイスブラシの毛先は単に濡れているのではなく、淫靡なぬめりを帯びていた。明らかに彼女の愛液が付着しているのだ。

乳首、脇の下、脇腹、クリトリスなどを次々とフェイスブラシで責め立てられ、京香はヴァギナを濡らすほど感じてしまったらしい。濡れそぼった京香のヴァギナはなまめかしさを増すばかりだった。

フェイスブラシの毛先が愛液まみれになってしまうと、さらにすべりがよくなった。ワレメの端から端まで何度も素早くブラシを往復させることができた。

俊介はキャンバスに絵の具を塗りつけるようにブラシを動かしていった。

「ああっ、ああんっ……」

フェイスブラシの毛先がはみ出した花びらにこすれると、二枚の花びらは小刻みに打ち震えてしまった。そのパーツはとても繊細で敏感そうだった。

ワレメが開き気味になっているので、内側の秘肉も簡単に責めることができた。

京香は自分の愛液のヌルヌル感とともに秘肉を摩擦されるのがとても気持ちいいようだった。そんなふうにこすり回していると、さらに愛液が溢れてきて、フェイスブラシの毛先に絡みついてしまう。

既に彼のペニスは完全な勃起状態になっていたが、俊介は京香のヴァギナをフェイスブラシで弄びながら、硬くなったペニスを彼女のヒップにこすりつけてしまった。京香の尻は彼の膝の上にのっており、ちょうど京香のヒップと俊介のペニスが接触していたのだ。

「あうっ……」

ワレメが十分に開き切り、秘穴の入口を発見することができた。俊介は秘穴の入口の周辺をブラシでかき乱してみた。そうすると、毛先の動きに合わせて、京香の腰も俊介の膝の上ではしたなくくねってしまうのだった。

せっかくなので、俊介はフェイスブラシの毛先にたっぷり染み込んだ愛液をクリトリスに塗りつけてみることにした。小さなクリトリスに愛液をまぶすような感じで、ブラシの毛先をこすりつける。

「くううっ、それ、気持ちいいわ。痺れちゃう……」

クリトリスにとっても愛液のぬめりは気持ちよかったようだ。愛液が包皮の間に入り込み、淫靡なぬめりがクリトリスにダイレクトに伝わっている。クリトリスはヴァギナ本体と連動しているようで、クリトリスにぬめり攻撃を加えると、花びらも盛んに打ち震えてしまった。

「あんっ、あんっ……」

俊介はブラシの柄を握り締め、クリトリスとヴァギナの間で毛先を行ったり来たりさせてみた。すると、二つの淫らなパーツの間に愛液が糸を引いた。フェイスブラシの毛先がクリトリスとヴァギナ、それぞれに接触するたびに、京香は嬉しそうな喘ぎ声をあげてしまった。

だが、京香はさすが成熟した大人の女性であり、年下の俊介にやられてばかりではなかった。悶えながらも後ろに手を伸ばしてきて、俊介のペニスをつかんだのだ。

「あっ、京香さん……」

多分、京香は自分のヒップに硬直したペニスがぶつかっているのに気づいていたのだろう。彼女は主導権を取り戻そうとするかのようにそれをしっかりと握り締めていた。

「ああんっ、相変わらず、元気ね……」

だが、俊介も負けてはいられなかった。次はどこを責めたらいいだろうか。乳首、クリトリス、ヴァギナなどは一通り責めてしまった。俊介は昨日、車の中で自分が京香にどこを責められたか思い出そうとした。

そうだ、一つ大事なところを忘れていた。俊介はその部分に狙いを定め、フェイスブラシを近づけていった。

「あうふっ……」

愛液にまみれたフェイスブラシの毛先が押しつけられたのは京香のアヌスだった。昨日、京香は俊介のアヌスをたっぷり可愛がってくれた。そのお返しをしなければならない。

京香のアヌスのまわりには端正なアヌス皺が無数に刻み込まれていた。彼女のような美しい女性にもアヌスという排泄器官はちゃんとついているのだ。だが、美人キャスターのアヌスは見た目も綺麗であり、不思議ななまめかしさを漂わせていた。

俊介はすぼまったアヌスに愛液を塗りたくった。愛液にまみれたアヌスというのも妙にいやらしかった。細かいアヌス皺の一本一本にぬめりを帯びた愛液が染み込んでいる。

「はううっ、ダメよ、そこは……」

アヌス皺を丹念にこすっていると、肛門がヒクヒクし始めた。まるでアヌスが呼吸をしているみたいだった。どうやら男性だけでなく、女性にとってもアヌスは重要な性感帯のようだった。

なおも責め立て、アヌスの変化を観察していると、新しい事実が判明した。アヌスはクリトリス同様、何らかの形でヴァギナにつながっているらしいのだ。その証拠にアヌスを刺激してやると、ヴァギナは切なそうに震え出し、濡れ具合が激しくなった。

「くううっ……」

俊介はクリトリスのときと同じように、ヴァギナとアヌスを交互に責めてみた。京香はさらに激しく腰を振り乱してしまったが、決して俊介のペニスを離そうとはしなかった。

ヴァギナとアヌスの間は筋のようなものでつながっており、京香はそこを刺激されるのも気持ちいいようだった。その筋の部分は会陰部というらしいが、俊介はその会陰に沿って何度もブラシの毛先をすべらせていった。

「ああっ、俊介君……」

京香は甘ったるい声でそう喘ぎながら、俊介のペニスを手でしごき始めた。それは本能的な行為だったのかもしれない。

ペニスをしごかれ、俊介はすぐさま射精しそうになってしまったが、我慢して京香の下半身を責め立てることに意識を集中した。今度はクリトリス、ヴァギナ、アヌスの三つのポイントをフェイスブラシで刺激してみる。

「あっ、ああっ、あうっ……」

三点を連続して責められ、京香は休む暇もなく悶えまくってしまった。それぞれのパーツの感じ方は微妙に異なっているようだ。悶えまくりながらも、京香は三つのパーツから生み出される気持ちよさの違いを楽しんでいるようだった。

俊介のペニスをしごいている京香の手の動きが速くなった。もう射精は時間の問題だった。それでも、俊介は京香の下半身を責め続けていた。

やはり、三つのパーツの中で、一番大きな快感を引き起こすことができるのはヴァギナだった。すべての快感がそこに集まっているのだ。

俊介は攻撃目標をヴァギナだけにしぼることにした。だが、今までと同じやり方で責めたのでは意味がない。美人キャスターのヴァギナをもっと過激に責め倒さなければならなかった。

そこで、俊介は京香のヴァギナにフェイスブラシを突っ込んでしまった。毛先でこすり回すのではなく、秘穴の中にブラシそのものを挿入してしまったのだ。

「あうあああっ……」

京香の腰が跳ね上がった。フェイスブラシは大して太くないが、それでも衝撃が大きかったようだ。

毛先が濡れているので、ブラシの先端は乱れることなく、秘穴の中に埋没してしまった。四センチ近くある毛の部分がほとんど穴ぼこの中に入り込んでしまっている。

俊介はフェイスブラシをゆっくりと動かしてみた。とろけかけたヴァギナに出し入れさせる。洪水状態なので、出し入れはスムーズだった。

「あうっ、あうっ……」

俊介が穴の中にフェイスブラシを突っ込むと、秘穴の入口周辺がめり込むように沈み、秘穴に溜まっていた愛液が溢れ出してきた。卑猥な花びらは打ち震えながら、フェイスブラシをしっかりと受け入れている。

逆にフェイスブラシを抜き去ると、中の秘肉まで引きずり出されそうになり、花びらがめくれ返ってしまった。内側のなまめかしい部分の色合いは鮮やかさを増していた。濡れ光っているので、余計、そう見えるのかもしれない。

その上、何よりマングリ返しで秘穴にフェイスブラシを突き立てられている京香の姿が卑猥だった。ブラシの柄の部分がヴァギナからニョキッと突き出しているのだ。

彼女のそんな姿を見ていると、俊介の興奮は限界に達し、射精したくてたまらなくなってしまった。京香も彼のペニスが暴発寸前であることに気づいたのか、サオをしごくのを中断してくれた。

「俊介君、ちょうだい！　俊介君のオチ×チンを入れてちょうだい！」

京香がそう叫んだ。何と彼女は俊介のペニスを自分のヴァギナに入れてほしいと言っているのだ。

憧れの美人キャスターが初体験の相手になるなんて、まさに奇跡だった。俊介は何の取り柄もない人間だが、それでもたまにはこんな素晴らしい奇跡が起こるのだ。京香とセックスすることができるなら、人生の運をここで全部使い果たしてしまっても構わなかった。

いよいよ童貞を捨てるときがきた。俊介は京香に導かれ、男になるのだ。彼はフェイスブラシを京香のヴァギナから抜き取り、彼女の腰を膝からおろした。そのまま覆いかぶさるようにして、正常位の体勢にもっていった。

「さあ、きて!」

京香がすべて手取り足取り教えてくれた。秘穴の場所はわかっていたが、もし彼女が手を添えて先導してくれなかったら、俊介はうまくペニスを挿入することができなかっただろう。初心者には挿入角度が難しいのだ。

京香は俊介のペニスを握り締め、濡れそぼったヴァギナに張り詰めた亀頭をあてがった。美人キャスターのヴァギナは悩ましげな温もりとぬめりに満ちていた。彼女のおかげで、俊介のペニスは一発で秘穴の入口を見つけ出し、それをとらえることができた。

「思い切り、腰を突き出しなさい。ほら、入ったわ……」

挿入は実に呆気なかった。あっと思ったときには、もうヴァギナの中にペニスがめり込んでいた。サオの付け根までズブズブと入ってしまう。セックスなんて大したことないなと思ってしまったほどだ。

だが、それが大きな思い違いであることはすぐにわかった。俊介が童貞を奪われ、京香と一つになったことを実感したのは、彼女のヴァギナが俊介のペニスを歓迎するかのようにギュッと締まったときだった。

入口だけが締まるのではない。奥の方も真ん中のあたりもいっぺんに締まっているのだ。それはまさに魔法の穴ぼこだった。

それから、今度は秘穴の内部が蠢き出した。俊介のペニスを秘肉が優しく包み込みながらも、その一方でヒダが活発に蠢き、妖しい刺激を送ってくる。

締めつけと蠢きが両方、同時に襲いかかってくることもあった。京香は無意識のうちにそれらの動きをコントロールしているようだった。成熟したヴァギナは多種多様な動きで挿入されたペニスを喜ばせてくれるのだ。

気持ちよくてすぐさま射精しそうになったが、ずっと締めつけっぱなし、ずっと蠢きっぱなしというわけではないので、何とか持ちこたえることができた。しかし、油断していると、あっという間に暴発してしまいそうだった。

「もっと体重をかけてくれてもいいのよ。そうしないと、腕が疲れちゃうわよ」

京香にそう言われ、俊介は腕の力を抜いた。全体重をかけたわけではないが、彼女に体を預けるようにする。ほっそりとしているのに京香の体はどこも柔らかく、とても抱き心地がよかった。

俊介は腕立て伏せが何十回もできるほど腕に筋肉がついていないので、確かに京香がアドバイスしてくれなかったら、セックスが終わるまで自分の体を支え続けることができなかっただろう。

体をぴったり密着させると、俊介の胸の下で京香のバストがグニュッと押し潰されてしまった。コリッとした乳首が彼の胸板にぶつかっている。

京香の体は少し汗ばんでいるようだった。俊介は彼女と深く合体しながら、美人キャスターの生の体臭を胸一杯吸い込むことができた。ホテルの部屋には濃厚な愛液の匂いも漂い出していた。

「俊介君、腰を動かしてちょうだい、ゆっくりとでいいから」

京香は俊介を教え導くような口調でそう言ったが、そこには催促するような響きも含まれていた。彼女としては荒々しく突きまくってもらわなければ満足できないのではないかと思われた。

とにかく俊介は濡れそぼったヴァギナにペニスを出し入れさせてみることにした。秘穴の締めつけに負けないように腰を動かしてみる。

ペニスが抜けてしまうのではないかということが一番心配だったが、その恐れはないようだった。確かに京香のヴァギナはたっぷり濡れており、すべりやすくなっていたが、よく締まっているので、そう簡単に抜けてしまうことはなかった。成熟した秘穴はペニスをくわえ込んで離さない感じだった。

初めはぎこちなく、ちょっとへっぴり腰だったが、失敗を恐れずピストン運動していると、段々、腰づかいもさまになってきた。

俊介はあまりスポーツが得意な方ではなかったが、それほど時間をかけずになめらかな出し入れができるようになっていた。

本能に従えば、それほど苦労せずに腰を動かすことができるのかもしれない。あるいは、俊介は京香に気持ちよくなってもらうために、一生懸命、腰を動かしたので、その努力が多少は報われたのかもしれなかった。

「あんっ、あんっ、あんっ……」

京香も大いに感じてくれているようだった。弾力性のあるバストを揺らしながら、突入してくる俊介のペニスを気持ちよさそうに受け入れている。

とりあえず、少しでも上手にピストン運動することばかり考えていたので、一時的に射精のことは忘れてしまい、俊介のペニスはまだ暴発せずに済んでいた。

しかし、激しいピストン運動を繰り返しているうちに、京香のヴァギナはとろけるようにグチュグチュになり、まるであたためた蜜のつぼにペニスを突っ込んでいるような感じになってしまった。

秘肉とペニスが愛液を潤滑剤にしてこすれ、その摩擦感から生まれる快感も素晴らしかった。ヴァギナとペニスが一体化し、融合してしまうような感覚なのだ。

こうなると、もう俊介は射精のことが頭から離れなくなってしまった。腰を動かせば動かすほど、発射の瞬間がどんどん迫ってくる。もうどんなことをしても、ザーメン発射を回避できそうになかった。

「ああっ、ああっ、ああっ！」

「京香さん、もう……」

「射精しそうなのね。今日は安全な日だから、気にせず、中に出しなさい」

俊介の切羽詰《せっぱつ》まった声を聞き、京香が優しくそう言ってくれた。俊介は出し入れを中断せず、ピストン運動のスピードを加速していった。彼女は喘ぎまくりながら、硬直したペニスを突き込まれるたびに、大きく背中をのけぞらせている。

すぐに京香は自分でも腰を動かし始め、二人は激しく下半身をぶつけ合った。今日初めてセックスをしたばかりなのに、意外に息が合っている。

こうして、二人は足並みをそろえながらグングン昇り詰めていき、あっという間にアクメに達してしまったのだ。

「くうっ、出ちゃいます！　私ももうダメ！」

「あはあんっ、私ももうダメ！」

俊介はとろけ切った京香のヴァギナの中に大量のザーメンをドクドクと流し込んでしまった。京香は彼の腰に太ももを絡みつかせ、一滴もこぼさないように結合部を密着させている。

すべてを出し尽くしたあとも、二人はすぐには結合を解かず、しっかりと抱き合ったまま、快感の余韻を楽しんでいた。俊介は京香の首筋に鼻を押しつけ、彼女の生の体臭と汗の匂いをこっそり嗅ぎまくってしまったのだった。

第四章　巨乳弁護士の唇

1

　ホテルの部屋で京香は俊介にＣＤ-ＲＯＭを返しながらこう言った。

「コピーはとったから、このオリジナルは冴子さんに渡しなさい。やっぱりそうするのが一番だと思うわ」

「そ、そうします……」

「大学時代に聞いたんだけど、冴子さんは高校生のとき、自分も更衣室かどこかで盗撮されそうになったことがあるらしいわ。そのときはカメラに気づいて、盗撮されずに済んだんだけど、そのせいであの人は今度の事件の犯人を心から憎んでいるのよ」

　京香は服を着ようとしている俊介にそんなことを教えてくれた。彼女自身はまだバスローブ姿だった。もう一度、シャワーを浴びるつもりなのかもしれない。

「もちろん、仕事に私情を挟むのは禁物よ。とにかく、冴子さんは正義感が人一倍強いの。だから、弁護士になったんでしょうけど。特に、女性を肉体的にも精神的にも傷つけるような人間には容赦しないわ。ちょっと堅物《かたぶつ》で、真面目すぎるけど、あの人みたいに被害者の気持ちをちゃんと理解することができる弁護士はそんなに多くないのよ」

そう言いながら、京香は俊介が持ってきた小さなバッグを彼に渡した。俊介は例のCD-ROMをそのバッグの中にしまい込んだ。

「今日は俊介君のおかげで、たくさん気持ちいい思いをさせてもらったわ。だけど、本当は私なんかより、冴子さんの方がずっとストレスが溜まっているんじゃないかしら。あの人は自分が目指しているものと現実とのギャップに悩んでいるみたいなの。この前、別の事件を担当したときもそうだったわ」

「ギャップ、ですか……」

「そうよ。冴子さんにとっては、何よりも正義を貫くことが大切なのよ。確かにそれが理想だわ。でも、多くの人は罪をできるだけ軽くしたいとか、賠償金をなるべくたくさんとりたいとか、そういう目的で弁護士に仕事を依頼するの。あの人はその食い違いに折り合いをつけることができなくて、いつも悩んでいるの。

私なんかは仕事は仕事と割り切って、難しく考えないようにしているんだけど」

京香の話を聞き、彼女は冴子のことを先輩として尊敬しているのではないかと俊介は思った。そう思えるほど京香は冴子の内面をよく観察していた。

「そういう意味では、私のような女よりも、冴子さんの方がストレス解消の必要があって、俊介君みたいな存在を求めているのかもしれないわ。冴子さんには現在、特定の恋人もいないみたいだし、セックスフレンドをキープしておくような性格でもないしね。俊介君、今度、機会があったら、冴子さんにも可愛がってもらいなさいよ。一見、クールに見えるけど、あの人の方が私よりもずっと母性的だから、たっぷり甘えることができるわよ」

京香はそんなふうに俊介をそそのかすようなことを言った。確かに、京香に童貞を奪われたあとでも、冴子は非常に気になる存在であり、ああいう魅力的な女性と愛し合うことができれば、また京香の場合とは違った喜びを得られるのではないかと思われた。そう考えると、ペニスが再び硬くなってしまうのだった。

しかし、どうやったら冴子のような女性と関係することができるというのだろうか。残念ながら、京香もそこまでは教えてくれなかった。

「ねえ、忘れ物はないかしら。わざと忘れ物をして、またこの部屋に来ようなんて思わないでね」

京香は本気とも冗談ともつかない調子でそう言った。俊介は彼女のバスローブ姿を名残惜しそうに眺めながら、ホテルの部屋をあとにしたのだった。

2

俊介は月曜日に学校で冴子に会ったらCD‐ROMを彼女に渡し、場合によっては盗撮事件の犯人が教師の平沼であることを打ち明けようと思っていた。

ところが、京香に童貞を奪われた翌日の日曜日、冴子の方から俊介の家に電話をかけてきた。彼女は顧問弁護士なので、彼の自宅の電話番号を調べるくらいは朝飯前らしい。

「聞きたいことがあるから、午後一時に駅の西口の改札まで来なさい。CD‐ROMを持ってくるのを忘れないように」

冴子は俊介の都合もきかず、一方的にそう言った。だいぶ怒っているようだった。どうやらCD‐ROMのことがばれたらしい。京香が喋ったのかもしれないし、冴子は特別な情報網を持っているのかもしれなかった。

俊介はいつも持ち歩いている小さなバッグに例のCD‐ROMを放り込み、冴子に会いに出かけた。

彼女に会えるのは嬉しかったが、怖くもあった。今回は嬉しさよりも怖い気持ちの方がちょっぴり強かった。

休日だというのに、冴子はこの前と同じ紺のレディーススーツを着ていた。といっても、全く同じものではなく、デザインは微妙に違っている。彼女は紺のスーツを何着も持っているのかもしれない。

「吉崎君、なぜCD-ROMのことを私に黙っていたの?」

「ちょ、ちょっと言いそびれてしまって……」

「マスコミに話す前に、まず、私に打ち明けてほしかったわ。マスコミはどんな事件でもセンセーショナルにしか取り上げないのよ。下手をすると、吉崎君の名前まで公表されてしまうかもしれないわ。まあ、CD-ROMを手に入れるために、きっと西谷さんが卑怯な手を使ったんでしょうけど」

「違います、そんなことありません……」

冴子が京香から何らかの話を聞いたのは間違いないようだった。冴子が京香に問いただした可能性もあるし、京香がわざと冴子に話して、調査の進展を図ろうとした可能性もあった。

前者だとしたら、冴子の勘はかなり鋭いと言わなければならない。

俊介は冴子に対してちょっと申し訳ない気持ちになってしまった。一昨日、車の中であんなことをされたとはいえ、CD-ROMを先に京香に見せてしまったのはまずかったのかもしれない。

「マスコミが報道する前に、何か手を打たなければならないわ。とにかくそのCD-ROMを見せてちょうだい。もっとゆっくり話ができる場所に行きましょう」

冴子は俊介を警察に連れていくつもりだろうか。それとも、自分の仕事場である法律事務所まで引っ張っていき、他の弁護士たちの前で厳しく問い詰めるつもりなのか。

しかし、実際にはそのどちらでもなかった。俊介が連れていかれたのはとあるマンションの一室で、そこは冴子の自宅だった。

冴子は独身であり、マンションで一人暮らしをしていたが、一人で暮らすにはやや広めのマンションだった。

冴子の性格からして、クールで機能性だけを追求した部屋かと思ったが、中は意外と普通であり、それなりに生活感が漂っていた。

京香が言うように、冴子は仕事ではクールに振舞っているが、本当はもっと人間味のある性格なのかもしれない。どこかに優しさがなければ、弁護士として他人の苦しみを理解することはできないだろう。

冴子はパソコンでトイレ盗撮の動画をざっと見た。彼女の心は怒りと悲しみに支配されていた。もちろんその怒りは俊介に向けられたものではなく、盗撮事件の犯人に向けられたものだ。

「この動画のことはあとでもう一度話し合いましょう。どちらにしても、今すぐにこれをどうこうすることはできないわ」

冴子はジャケットを脱いでハンガーにかけ、ブラウス姿になった。俊介はつい彼女の胸のあたりに視線をさ迷わせてしまった。

「それより、私は吉崎君のことが心配なの。あなたはこの前、運動部の部室を覗いていたわね。そして、今度は西谷さんに誘惑されて、高校生らしからぬことをしてしまったんでしょ。このままではいずれ法律を破るようなことを必ずしてしまうわよ。西谷さんも西谷さんだけど、吉崎君も誘惑に負けては駄目だわ」

どういうつもりなのかはわからないが、京香は冴子にいろいろなことを喋ってしまったらしい。

冴子に京香との関係を知られてしまい、俊介は何となく後ろめたい気持ちになってしまった。

最初の覗きのこともあるので、冴子は俊介が将来、悪質な性犯罪に走ってしまうのではないかと心配してくれているようだった。

「でも、僕、ときどき物凄くエッチな気分になって、どうしようもなくなっちゃうんです。そういうときは、すっきりしないと、何も手につかなくて……」

俊介は正直にそう言ってみた。京香は昨日、冴子のことを母性的で、甘えることができると話していた。そんなことが頭に残っていたので、冴子の前ではもっと素直な態度をとった方がいいかもしれないと思ったのだ。

「そういう年頃なのはわかるけど、欲望に負けては駄目よ。もっと勉強やスポーツに打ち込みなさい。そうすれば、欲望をコントロールすることができるはずよ」

冴子は学校の先生のようにそんなアドバイスをしてくれた。

「そんなの無理です。このままじゃ、僕、また京香さんとエッチなことをしてしまいそうです……」

俊介は調子にのってそんな言葉を口にしてしまった。

「そんなことしたらいけないわ。吉崎君はまだ高校生だし、西谷さんはずっと年上なのよ。年が離れすぎているわ」

「年の差なんて関係ありません。京香さんは年下の僕をいっぱい可愛がってくれたんです。誰かほかの人がかわりに同じようなことをしてくれるなら、京香さんの誘惑にも勝てるかもしれません」

俊介はそんなことを言いながら、冴子に対する自分の思いをほのめかしてみた。だが、彼女はそのほのめかしに気づかないふりをしていた。

「それなら、高校生のガールフレンドを作りなさい。その方が健全だわ」

「女子高生なんて興味ありません。僕は京香さんや冴子さんのような年上の大人の女性が好きなんです」

冴子は俊介の言葉にどういう反応を示したらいいかわからず、困っているようだった。だが、そんなふうに言われて悪い気はしないはずだ。

「じゃあ、人に頼らず、自分で欲望を処理しなさい。運動部の部室を覗いていたときだって、吉崎君は自分でしていたじゃないの」

冴子は俊介にマスターベーションしろと言っているのだ。確かに彼女と初めて顔を合わせたとき、俊介はマスターベーションの真っ最中だった。そして、冴子のスカートにザーメンを浴びせてしまったのだ。

「それじゃあ、僕が自分でするところを見ていてもらえませんか」

京香によれば、冴子も仕事のストレスが溜まり、欲求不満になっているらしいということだった。

それなら、彼女の前で俊介がマスターベーションしたら、冴子自身、もっと淫らな気持ちになってくれるかもしれないと思ったのだ。

「どうして私が見なくちゃいけないの？」

「冴子さんに見てもらえれば、僕もすぐに興奮して、きっとすっきりできると思うんです。だけど、冴子さんが嫌だと言うのなら、僕、これから京香さんが宿泊しているホテルに行って、昨日みたいに可愛がってもらいます」

俊介にそう言われると、冴子も拒否することはできなかった。俊介を京香のところに行かせるわけにはいかないからだ。

もちろん、冴子は俊介が京香とのセックスに溺れ、堕落してしまうことを心配しているのだが、そこには京香に対する対抗意識のようなものもあるような気がした。それに加え、冴子は京香から俊介とのセックスの話を聞かされ、変な気持ちになりかけているのかもしれなかった。

「わ、わかったわ。見てあげるから、西谷さんのところに行くのはやめなさい」

冴子はいつの間にか俊介のマスターベーションを見る羽目になってしまった。俊介は遠慮なく冴子の前でやらせてもらうことにした。うまくいけば、彼女も心を動かされ、俊介のマスターベーションを手伝ってくれるかもしれない。

冴子の前でペニスを引っ張り出すなんて、考えただけでも興奮してしまう。ファスナーをおろすと、俊介のペニスは早くも硬く勃起していた。彼は反り返ったサオの部分を握り締め、しごき始めた。

冴子は俊介のペニスをなるべく見ないようにしていたが、どうしてもそこに視線が引き寄せられてしまうようだった。

「も、もっとちゃんと見て下さい」

そう言いながら、俊介は勃起したペニスを見せつけるように冴子の顔の前に突き出した。彼女は恥じらいの表情を浮かべている。

俊介はもっと冴子を恥ずかしがらせてみたいと思った。羞恥心が強いという彼女の一面は、京香にはあまり見られないものだった。成熟した大人の女性が恥じらっている姿ほど興奮させられるものはなかった。

「冴子さんが下着姿を見せてくれたら、僕、もっと興奮できると思います。京香さんはそれより凄いことをしてくれたんですけど、冴子さんなら、ちょっと下着を見せてくれるだけで十分です」

今までの引っ込み思案な俊介だったら、冴子に対して、絶対、そんなことは言えなかっただろう。だが、彼は京香のおかげで自分にだいぶ自信が持てるようになっていた。それに、真面目な弁護士である冴子だって、女であるかぎりは、一緒に気持ちいいことをしたいのではないかと思われた。それも京香に教えられたことだった。

「ど、どうしても下着を見せなければならないの？」

冴子は強く拒絶することもなく、ためらいがちにそう言った。いつものクールさは影を潜めていた。

「どうしてもです。ブラウスのボタンをはずして、ブラジャーを見せてほしいんです」

俊介の強い口調にうながされるように冴子はブラウスのボタンをはずしていった。彼を京香のところに行かせないためにはそうするしかなかった。俊介はペニスをしごきながら、ブラウスの前がはだけ、ブラジャーが披露されていくのをじっと見守っていた。

「はあっ、はあっ、ボタンをはずし終えたら、あの、ブラウスの前を開いて、よく見せて下さい」

冴子は俊介の言葉に従った。冴子がつけているブラジャーは淡い紫色だった。カップの部分にレースの模様が入っていたりして、意外にお洒落《しゃれ》な感じだ。彼女のような真面目な女性でも、こんなふうに隠れた部分でお洒落をしているらしい。

俊介が目を見張ってしまったのは冴子のバストの大きさだった。服の上からではわからなかったが、Ｅカップ、いや、Ｆカップはあり、明らかに巨乳と呼べるようなサイズだ。

ウエストの細さなどは京香と同じくらいなので、冴子の場合、ボリューム感のあるバストがなおさらアンバランスに見えた。しかし、巨乳といっても、その重みで形が崩れていたりはせず、美しくなまめかしいバストラインを保っている。

「冴子さん、オ、オッパイが大きいんですね……」

俊介はブラのカップに包まれたその円やかな膨らみに見とれ、思わずそう言ってしまった。冴子はこみ上げてくる恥ずかしさと戦っている。

冴子は巨乳であるということにコンプレックスを持っているのかもしれなかった。確かに、巨乳の女性はあまり知性的ではないと多くの人は思っているようだ。

雑誌のグラビアなどに登場する巨乳アイドルを見れば、人々がそういう勘違いをしてしまうのもやむを得ないことだった。

しかし、本当は巨乳であることとその女性の知性には特に関連性はなく、バストが大きくても知性的な女性はたくさんいるのだ。冴子がまさにそうだった。せっかくこんなに素晴らしいバストを持っているのだから、冴子がもっと巨乳であることに自信を持ってくれればいいのにと俊介は思ってしまった。

「そ、そうだ、パンティも見せて下さい」

「スカートを脱げっていうの？」

「スカートはいいです。で、でも、冴子さんがパンストを脱ぐところがどうしても見たいんです」

冴子は言われた通り、スカートの中に手を突っ込み、パンストをゆっくりとおろしていった。俊介は丸まりながら徐々に脱ぎ落とされていくパンストを目で追った。

パンストを完全に足首から抜き取るには膝を曲げなければならず、その際、どうしてもスカートの裾がめくれてしまう。俊介は大胆なパンチラを期待して、冴子の下半身に視線を固定してしまった。

パンティをはっきりと確認することはできなかったが、女弁護士のむき出しになった太ももを見ることができただけでも満足だった。

冴子は今、胸をはだけてブラジャーを披露しており、おまけにパンストも脱ぎ捨ててしまい、完全な生足をあらわにしていた。服をすべて脱いでしまったわけではないが、その半裸の格好は妙にエロチックだった。見方によっては、全裸よりもなまめかしいかもしれない。

ところが、そんな格好を披露しているにもかかわらず、冴子の態度は急にそこで変わってしまった。

「ところで、吉崎君、西谷さんは昨日、あなたにどんなことをしたのかしら。参考までに、その話を聞かせてほしいわ」

俊介はまだマスターベーションの途中だったが、その一言によって、再び二人の立場が逆転し、この場の主導権が冴子の方に移ってしまったような気がした。

「西谷さんにも、今みたいに、自慰行為を見てもらったの？」

「い、いいえ、京香さんは僕のを手でしごいてくれました……」

「そういうことなら、私も西谷さんと同じことをしてみようかしら。そうすれば、吉崎君もすっきりして、もう覗きをしたり西谷さんの誘惑に負けたりはしないでしょうから。そうしてほしいって、さっき、吉崎君も言っていたわよね」

今の冴子は弁護士の仕事をしているときの彼女とも違ったし、つい先ほどまでブラウスのボタンを恥ずかしそうにはずしていた彼女とも違っていた。目つきが急に色っぽくなり、目をそらすことなく、勃起した俊介のペニスをじっと見つめている。

こうなってしまうと、冴子は京香に負けないくらい、なまめかしい色っぽさを発揮することができるようだった。普段とのギャップがあまりに大きいため、余計、そう感じるのかもしれない。

もしかすると、今日、俊介と会う前に、冴子は京香から昨日のホテルでの出来事をつぶさに聞かされたのだろうか。京香の詳しい話を聞いているうちに、冴子は妖しく淫らな気持ちになってしまったのか。そして、京香から詳しく聞かされていた俊介のペニスの実物が、今、目の前にあるということなのかもしれない。

冴子は後ろで束ねている髪をほどきながら、ペニスを握り締めたまま部屋の真ん中に突っ立っている俊介の方に近づいてきた。頭を左右に振ると、軽いウエーブのかかったセミロングの豊かな髪が解き放たれた。

髪をほどいてしまうと、冴子の全身から成熟した大人の女性の色気が滲み出してきた。昨日、童貞を卒業したばかりの俊介がいくら頑張っても、今の彼女のなまめかしさには太刀打ちできそうになかった。

「さあ、手をどかしてちょうだい。こういう感じで握ればいいのかしら」

冴子は俊介の前にひざまずくと、そそり立つペニスから彼の手をはずし、反り返ったサオの部分をしっかりと握り締めた。五本の指で元気な俊介のペニスの硬さと太さを満喫している。

「うっ、冴子さん……」

冴子は手首のスナップをきかせて俊介のペニスをしごき始めた。ある意味、そのしごき方は京香よりもダイナミックだった。ペニスは腹の方に反り返ろうとしたが、冴子はそれを押さえつけるように力をこめてサオの部分を握り締めている。

「吉崎君の下半身には若々しい欲望が満ち溢れているようね。全部すっきり出してしまえば、この欲望をしずめることができるはずよ」

すぐに亀頭の先端から先走り液が漏れ出してきて、サオを伝い落ち、冴子の指を汚してしまった。だが、彼女は先走り液のことなど全く気にしていなかった。

「遊んでいるもう片方の手はどうしたらいいかしら。両手でこの硬いものをしごくわけにはいかないし。そうだわ、左手でここを刺激してあげると気持ちよさそうね」

そう言いながら、冴子があいている方の手を伸ばしたのは、両足の間にぶら下がっている玉袋だった。右手でペニスをしごき立てながら、左手で皺の寄った玉袋をグニュグニュ揉みほぐしている。

アヌスまで触ることはしなかったが、玉袋の裏側を指先でくすぐるように刺激されるとたまらなかった。

3

美しい女弁護士が六法全書のかわりに硬直したペニスを握り締め、玉袋を手のひらの上で転がす様子は何とも卑猥だった。

「西谷さんは吉崎君を可愛がるのに道具を使ったそうね」

「ええ、化粧用のブラシを……」

「私はそういうものを使う気はないけど、やはり、手でしごくだけじゃつまらないでしょうね」

どうするのかと思っていると、何と冴子は口を大きく開けて張り詰めた亀頭を頬張り、淫靡なフェラチオを開始してしまったのだった。

「うぐぐぐっ……」

「冴子さん、凄いです……」

これが俊介にとってフェラチオ初体験だった。真面目な女弁護士が十歳近く年下の高校生の男の子のペニスをくわえ、舐め回しているのだ。

俊介のペニスが特別大きいわけではないが、亀頭が最大限まで膨張してしまっているので、冴子の小さな口でしゃぶるのは苦しそうだった。成熟した大人の女性が年下の高校生のペニスを喉の奥までくわえ込み、艶やかな唇がめくれ、唾液があごの方まで滴り落ちている様子はちょっと被虐的で色っぽかった。

「うぐっ、うぐっ、うぐっ……」

冴子は唾液をいっぱい分泌し、亀頭を重点的にしゃぶり尽くした。唾液のぬめり、亀頭にかぶさる唇の感触、なめらかな舌の動き、そのどれもが気持ちよかった。フェラチオの気持ちよさがこんな複合的な快感から成り立っているとは思わなかった。

冴子は一旦、ペニスを吐き出し、唾液まみれになった亀頭を舌だけを使って丹念に舐め始めた。こういう舐め方だと、亀頭の表面を縦横無尽に這い回る舌の動きを目で見ることができた。尿道口を舌先でつつき、滲み出す先走り液を舐め取っている。

冴子の舌は亀頭の裏側の皮のつなぎめの部分をしつこく舐めこすっていた。ここは京香にフェイスブラシで責められたときにも、特別、気持ちよかったポイントだ。皮のつなぎめに唾液を流し込むようにしている。

俊介自身の先走り液にかわって、今度は冴子の唾液が反り返ったサオを伝い落ちていった。彼女の舌は滴り落ちていく唾液を追いかけるようにして、サオの裏側を舐めおりていく。そうやって、冴子はカリ首のところからサオの付け根までのコースを何度か舌をすべらせながら往復した。

冴子のおしゃぶりがどのくらい上手なのかはフェラチオ初心者である俊介にはよくわからなかったが、とにかく凄く気持ちよかった。

冴子はかなり貪欲だった。舐め方自体は繊細さとダイナミックさが入り混じっているが、俊介のペニスを徹底的に舐め倒すという迫力が感じられる。それだけ彼女はストレスが溜まり、欲求不満になっているのかもしれない。

フェラチオという行為は単に舐められる側が気持ちよくなるだけでなく、舐める側も性的なストレスが解消され、淫らな満足感を得られるようだった。

冴子は体を少し横に移動させ、そのまま顔を傾けて、反り返ったサオを横ぐわえした。ペニスの反り返り具合を確かめるかのように、サオの一部を唇で順々に挟み込んでいく。落ち着いた色合いのルージュが塗られた冴子の綺麗な唇が、フェラチオなどという卑猥な行為に使われているなんて、信じられなかった。しかも、彼女のその唇がほかでもない俊介のペニスをくわえてくれているなんて、現実のことだとは思えなかった。

「ほら、ここ、皺くちゃで、コロコロしたものが中に入っているわ。さっきちょっと触らせてもらったけど、舐めてみたらどんな感じがするか想像しながら、こんなふうに舌を這わせる瞬間を楽しみにしていたのよ」

そう言いながら、冴子の舌がたどり着いたのは俊介の玉袋だった。それにしても、彼女がそんな淫らなことを考えながら、俊介のペニスをいじくっていたとは思わなかった。

冴子は俊介の玉袋に頬ずりし、唇をかぶせた。舌を押しつけられると、玉袋の皺の一本一本に彼女の唾液が染み込んでいく。冴子は片方の睾丸を口に含み、優しく舐め転がしてくれた。

それから、冴子は玉袋の裏側まで舌を伸ばし、二つの睾丸を舌の上にのせるような感じで舐めこすった。まるで睾丸の重さを舌ではかっているみたいだった。

どうやら、先ほど、玉袋を手で揉みほぐされたとき、その裏側が弱点であることを完全に見抜かれてしまったようだ。

彼女は再び正面に移動しており、そんなふうに玉袋の裏側を舐めていると、反り返ったサオの付け根の部分に鼻の頭を押しつけるような格好になってしまう。

「ふうっ、ちょっと舌が疲れてしまったから、ほかの部分を使わせてもらうわね」

これほど一心に俊介のペニスや玉袋を舐め続けていれば、舌が疲れてしまうのも当然だろう。冴子は仕事だけでなく、何事にも真剣に取り組む性格らしい。

さて、ほかの部分というのはどこのことかと思っていると、冴子は、ボタンだけはずしていたブラウスを完全に脱いでしまった。そして、背中に手を回し、ブラジャーのホックもはずしてしまったのだ。

「おおっ、冴子さんのオッパイが丸見えに……」

ブラのカップがずらされると、推定Fカップのバストがあらわになってしまった。そのボリューム感は圧倒されるほどだったが、バストラインは限りなく円やかでエロチックだった。

乳首と乳輪は京香よりも小さめで、色合いも薄かった。単に乳房が大きすぎるのでそう見えるだけかもしれない。Ｆカップのバストは重力の影響で下向きに引っ張られそうになっていたが、突き出した乳首がそれに抵抗し、美しい形を保っていた。

「あまりやったことがないので、うまくできるかわからないけど……」

冴子はそう言いながら、二つの乳房を両手で持ち上げるようにし、そのままの状態で俊介の方に体を寄せてきた。バストがちょうどそそり立つペニスの高さにあった。冴子はためらうことなく、目の前にあるペニスを深い胸の谷間に挟み込んでしまった。

美しい女弁護士にパイズリされてしまったのだ。クールで真面目な冴子が積極的にパイズリをするなんて、自分の目がなかなか信じられなかった。

別に弁護士としてのプライドを捨てたわけではないと思うが、冴子は自分が弁護士であることなどもう忘れてしまっているようだった。そうでなければ、パイズリなどできないだろう。俊介は弁護士の仕事に打ち込んでいるときの冴子も、勃起したペニスと必死に格闘しているときの冴子も両方とも魅力的だと思った。

俊介のペニスは先ほどまで冴子の口の中に入っていたので、透明な唾液にまみれていた。そのため、パイズリでバストにも唾液が付着してしまった。唾液のおかげですべりがよくなり、パイズリもやりやすくなっている。

胸の谷間でペニスをしごくことによって、冴子のバストが次々と変形していく様子を俊介はじっくり鑑賞させてもらった。

左右で力の入れ加減が違うため、二つの乳房の歪み方も微妙に異なっており、左右の乳首の位置もずれてしまっている。そのずれ方が何となく卑猥だった。二つのバストは中央に寄せられ、グニュッと潰れていた。その潰れ具合が何ともエロチックだった。普段は乳房がそんな形に歪んでしまうことはまずあり得ないだろう。

そして、当然のことながら、硬直したペニスがバストに挟まれている様子が最高にいやらしかった。本来は授乳のための器官である乳房がこんな卑猥なことに使われてしまっているのだ。

俊介のペニスは深い胸の谷間にほとんど埋もれてしまっていた。冴子がバストを動かすと、その間から、ときどき、亀頭が顔を覗かせる程度だ。白い乳房と赤黒いペニスのコントラストがなまめかしかった。柔らかい乳房と硬いペニスが激しくこすれ合っているのだ。

「吉崎君、気持ちいい？」

「はい、冴子さんのオッパイ、最高です」

もちろん、ペニスがバストに挟まれ、しごき立てられる感触も文句なく素晴らしかった。フェラチオほど刺激は強くなく、そこにはむしろペニスが乳房に包み込まれる安心感のようなものがあった。

俊介のペニスは全体がボリューム感のあるバストに優しく包み込まれていたが、その一方で両側からなまめかしく圧迫されていた。胸の谷間の内側の部分がサオの側面に密着し、その柔らかさと弾力性がペニスにダイレクトに伝わってくる。

俊介は今、冴子のバストの素晴らしさを硬直したペニスでじかに感じ取っていた。

乳房が動かされると、悩ましげな摩擦感がペニスに襲いかかってきた。胸の谷間でこすり回されることによって、バストで圧迫されるポイントが次々と移動していった。彼のペニスは亀頭の先端からサオの根元の方まで、バストの柔らかさと弾力性の洗礼を受けることになった。

パイズリという行為には母性的な要素が含まれているようだった。母を亡くした俊介には特にそれが強く感じられた。だが、冴子の場合、その母性的な要素には成熟した大人の女性の淫らさも加わっていた。

「ふふっ、胸だけじゃ、吉崎君の元気なものに負けてしまいそうね。もう十分休憩できたから、舌も使って頑張ってみるわ」

冴子が妖艶な笑みを浮かべながらそんなことを言ったので、パイズリをやめて再びフェラチオをするのかと思ったが、そうではなかった。彼女はパイズリしたまま、フェラチオを再開したのだ。

どういうことかというと、冴子は胸の谷間から顔を覗かせている亀頭に舌を伸ばし、舐め始めた。それはパイズリとフェラチオの合体技だった。亀頭を舌で舐めながら、サオをバストで刺激している。パイズリとフェラチオを一緒にやるなんて、巨乳の女性にしかできない芸当だった。

張り詰めた亀頭はぬめりを帯びた唾液をまぶされ、舐め回されていた。一方、反り返ったサオは相変わらずエロチックなサンドイッチ状態であり、乳房の過激な圧迫感と摩擦感に翻弄されている。そのダブル攻撃がたまらなかった。俊介のペニスは亀頭の部分とサオの部分で別々の攻撃を受けながらも、それぞれが相乗効果を生み出し、新たな快感へとつながっていった。

パイズリをしながら亀頭を完全に口に含むのは無理だったが、舌でペロペロ舐められるだけで十分だった。俊介のペニスは胸の谷間の内側で暴れ回り、外に飛び出しそうになってしまったが、二つの乳房でしっかりと挟み込まれており、パイズリとフェラチオの連係プレイによって生み出される快感から逃れることはできなかった。

「ああっ、僕、もう、気持ちよすぎて、立っていられません……」

射精の危機も迫ってはいたが、その前に俊介はあまりの気持ちよさに腰がふらついてしまい、そのまま床に倒れ込みそうになってしまった。これ以上、責め立てられたら、もう踏ん張れそうになかった。

「それなら、この続きはベッドでしましょう。こっちよ」

俊介は寝室に連れていかれた。そこにはゆったりしたセミダブルのベッドが置かれていた。彼はペニスをそそり立たせたまま、ベッドの上に倒れ込んでしまった。

「うぐっ……」

俊介はベッドの上に仰向けに倒れていたが、冴子もベッドにあがり、再び、彼のペニスを口に含んだ。今度はサオの中程までくわえ込み、激しく吸い立てる。強烈な吸引が俊介のペニスに襲いかかった。

「はぐぐぐっ……」

冴子は頰をへこませながら、俊介のペニスを喉の奥まで吸い込もうとする。彼女の口の中が真空状態になったような感じで、何もかも吸い出されそうになってしまう。

無理して我慢することはなかったが、射精してしまったらすべてがそれで終わりになってしまうような気がした。魔法が解けて、冴子は元のクールな女弁護士に戻ってしまい、もう二度と俊介を可愛がってはくれないかもしれなかった。

淫らな魔法の効果を長引かせるためには、冴子にも気持ちよくなってもらわなければならなかった。反撃している間は、俊介もそちらに気をとられて切羽詰まった状態から抜け出すことができる。攻撃は最良の防御なのだ。

「ううっ、冴子さん、お、お願いがあるんですけど……」

「はぐっ、何?」

「僕、冴子さんのアソコが見たいんです……」

「しょうがないわね。恥ずかしいけど、見せてあげるわ」

冴子は彼のペニスをしゃぶりながら体を移動させ、仰向けに横たわっている俊介と反対向きになり、彼の顔をまたぐような体勢になった。それは女性が上になる形のシックスナインだった。

俊介の目の前に淡い紫色のパンティに包まれた冴子の下半身があった。彼がパンティを脱がそうとすると、冴子は硬直したペニスを美味しそうに頬張りながら協力してくれた。パンティはあえて全部脱がさず、片方の太ももに引っかけたままにしておいた。

「冴子さんのオマ×コ、綺麗だな」

「西谷さんと比べたりしないでね」

冴子が俊介のペニスを一旦吐き出し、そんなことを言った。俊介は目の前にある彼女のヴァギナから目が離せなかった。

アンダーヘアは一応生えていたが、非常に薄かった。ヘアが細くてまばらなのだ。大部分は産毛のような感じだった。そして、大陰唇の部分は京香と同じようにほとんど生えていなかった。

毛で覆われていないため、冴子のヴァギナは何もかもあからさまになってしまっていた。京香のヴァギナもそうだったが、それ以上に露出的だった。そこには見て下さいと言わんばかりに、深々とワレメが刻み込まれている。

ワレメは既に開き気味になっていた。花びらもはみ出しつつあった。そんなにひどくはみ出してはいないが、右の花びらの方がはみ出し具合が大きいような気がした。

「恥ずかしいわ……」

俊介のペニスをくわえ直した冴子は、彼の視線をむき出しのヴァギナに感じるのか、その視線から逃れるように腰をくねらせた。

俊介は構わず冴子のヴァギナに顔を近づけた。その匂いを嗅いでみる。今まで嗅いだことがない匂いだったので、何にたとえればいいかわからなかったが、それが彼にとっていい匂いであることは間違いなかった。女の匂い、淫靡で悩ましげな匂いだ。

どうやって冴子を気持ちよくしてあげるか、具体的なことは何も考えていなかったが、俊介は本能的に舌を突き出し、冴子のヴァギナを舐めていた。フェラチオのお返しはクンニが一番であるように思われた。

「あうっ！」

俊介の舌がはりつくと、冴子ははしたなく腰を震わせてしまった。そのため、肉感的なヒップが逆に彼の顔に押しつけられてしまい、俊介はその心地よい圧迫感を満喫することができた。

俊介は昨日、ヴァギナをフェイスブラシで責めたときの京香の反応を思い出し、舐め方の参考にしてみた。ブラシの毛先でやったように、包皮にくるまれたクリトリスを舐め転がし、ワレメに舌をめり込ませる。俊介は夢中で舌を動かしてしまった。

「あふうっ、ふううっ……」

冴子が気持ちよさそうな喘ぎ声をあげた。俊介の舐め方がそれで正しいかどうかはわからなかったが、舐める場所については昨日の京香とのセックスで実証済みなので、間違ってはいないはずだった。

冴子のヴァギナには不思議な柔らかさがあったが、はみ出し気味の花びらには意外としっかりした存在感があった。硬いというわけではないが、縁の部分はちょっとコリコリしていて、引っ張るとゴムのように伸びてしまう。

ワレメの内側はまさに妖しい粘膜の感触だった。俊介はその部分を何度も舐めこすってしまった。舐めているだけで興奮がこみ上げてくるような妖しい感触だ。

ヴァギナの味というのも匂い同様、言葉で説明するのは難しかった。単純に甘いとかしょっぱいとか酸っぱいというわけではないのだ。それらが複雑に混ざり合った味であり、クンニが病みつきになりそうな味だった。

「くううっ、あああっ……」

冴子のヴァギナは早くも濡れ始めていた。ヴァギナの味に愛液の味が加わり、さらに妖しさが増してくる。俊介はその妖しい風味の蜜を舐め取り、秘肉に塗り広げていった。舌ですくい取ってクリトリスにもまぶし、愛液が持つ独特のぬめり具合を舌で楽しむ。

冴子は俊介の舌の動きに合わせて腰を小刻みに震わせており、その震えが彼の舌にも伝わってきた。だが、冴子も負けてはおらず、過激なフェラチオを何とか続けようとした。カリ首の部分に唇を引っかけ、いやらしい音をたてながら亀頭を吸い立てている。彼女の口の中では舌も忙しそうに動いており、ペニスは唾液のぬめりとともに舐めこすられてしまった。

「ふぐぐぐっ……」

それに対抗して、俊介は秘穴の入口を舌で探り当て、そこに舌を押し込んでかき回してしまった。大量の愛液が溢れ出し、唇がベチョベチョになってしまう。濃厚な愛液は美味しかったが、舐めても舐めてもどんどん染み出してきて、すべてを舐め尽くすことはできなかった。

どちらにせよ、どう頑張っても、昨日、童貞を喪失したばかりの高校生が十歳近く年上の女性に勝てるはずがなかった。俊介は濡れそぼった冴子のヴァギナから唇を離しながら、ギブアップを宣言するしかなかった。

「冴子さん、もう駄目です。我慢できません。僕、もう……」

「まだ出さないでちょうだい。出すなら、私の中に出してほしいの……」

冴子はフェラチオを中断し、体の向きを変えると、そのまま俊介の体の上に馬乗りになった。彼女はそそり立つ俊介のペニスの上にまたがって、騎乗位で合体しようとしているのだ。

ペニスをつかむと、亀頭を秘穴の入口にあてがい、ゆっくりと体重をかけていった。たっぷり濡れているのに、冴子のヴァギナはかなり窮屈だった。膣穴が狭い上に、締めつけが強力なのだ。

それでも、女性のヴァギナには十分な柔軟性があり、俊介のペニスは女弁護士の蜜穴にじわじわと呑み込まれていった。冴子の秘穴の中では、染み出し続ける愛液と俊介のペニスから滲み出した先走り液、さらには、フェラチオによってペニスに塗りつけられた彼女自身の唾液、それら三種類の分泌液が混ざり合っていた。

「ああぁっ、吉崎君の太いのが奥まで入ってきてる……」

俊介のペニスは冴子のヴァギナの中にきっちりとはまり込んでいた。騎乗位の場合、正常位の合体とは挿入した感じが微妙に違うようだ。挿入角度が違うせいかもしれない。それに、当然、冴子のヴァギナと京香の秘穴ではいろいろな点が異なっていた。

冴子のヴァギナは全体的に締めつけが強く、京香の方は秘肉の蠢きが激しかった。両方とも濡れやすく、悩ましげなぬめりがペニスを包み込んでいる。どちらもはめ心地が最高なことは確かだった。

「あああっ、あああっ……」

冴子が自分から積極的に腰を動かし始め、ペニスの出し入れを開始した。彼女のような真面目な女性が自分から腰を動かすなんてちょっと驚きだった。セックスにおいては、その女性の職業は関係ないらしい。女弁護士だって、女性キャスターだって、乱れるときは乱れるのだ。

冴子はスカートをはいたままだった。地味な紺のスカートだ。彼女が腰を動かすとスカートの裾がめくれ、卑猥な結合部が見え隠れする。しかも、脱いだパンティは片方の太ももに引っかけたままで、それもチラチラ見えている。何もかも丸見えになるよりその方が興奮させられた。

今の冴子はもう完全に淫らな素顔をさらけ出していたが、腰に絡みついているその落ち着いた色合いのスカートは彼女が弁護士であることを象徴するコスチュームだった。そのギャップが冴子の淫らさをさらに際立たせているような気がした。

見上げると、Ｆカップの巨乳が盛大に揺れまくっていた。二つの乳房がランダムに弾み、衝突し合い、エロチックな振動を生み出している。

「揉んで……」

俊介は冴子にそう言われ、揺れまくる乳房に手を伸ばした。手のひらにずっしりとした重みが伝わってくる。彼は柔らかな乳房に指を食い込ませながら、ボリューム感のあるバストを揉みまくってしまった。本当に揉みごたえのある巨乳だった。

「はあっ、はあっ、はあっ……」

冴子は自分で好きなように腰を動かしていた。騎乗位では女性の方が主導権を握ることができるのだ。ということは、つまり、俊介はペニスの出し入れを自分ではコントロールすることができない。そのため、彼のペニスはたちまちのうちに切羽詰まった状態に追いやられてしまった。

「ああんっ、ああんっ、ああんっ！」

冴子は狂ったように腰を振り乱していた。Ｆカップのバストが激しく揺れまくっている。彼女の淫靡な喘ぎ声が部屋中に響き渡っていた。俊介はその色っぽい喘ぎ声を聞きながら、こらえ切れず、冴子の中でペニスを爆発させてしまったのだ。

俊介は彼女の子宮に向けて、白い花火を激しく何度も打ち上げた。俊介の射精が終わったあとも、冴子はしばらくの間、ヴァギナの中に流し込まれたザーメンをシェイクするかのように、ダイナミックに腰を動かし続けていた。

第五章　盗撮犯の欲求

1

リビングに戻った冴子と俊介は、脱ぎ捨てた服を身につけた。彼女は俊介と交わったことを後悔してはいないようだが、セックスが終わると我に返り、彼の前で乱れてしまったことを恥ずかしがっているようだった。

「冴子さん、僕、そのCD-ROMについてまだ話していないことがあります。僕はそれを学校の視聴覚準備室で拾ったんです。視聴覚準備室を管理しているのは、僕のクラスの担任の平沼先生です」

「そうすると、平沼先生が盗撮事件の犯人ということになるのかしら」

「僕がそのCD-ROMを拾ったとき、視聴覚準備室にはデジタルビデオカメラと受信機のようなものがありました。このことは京香さんにも言っていません」

「ありがとう、吉崎君。よくそこまで私に話してくれたわ。あとは私の方で処理するから、安心してちょうだい」

服を着終わった俊介は自分のバッグを持って玄関の方に歩いていった。もう一度、冴子と愛し合いたかったが、それは盗撮事件が解決してからの方がいいような気がした。彼女はそんな俊介を玄関まで見送ってくれた。

ところが、玄関のドアを開けると、外に誰か立っていたので、冴子と俊介はびっくりしてしまった。

「こんにちは。お邪魔だったかしら」

そこにいたのは京香だった。彼女は断りもせず、部屋の中に入ってきた。

「俊介君、盗撮事件の犯人が誰か知っていたのに、私に隠していたなんて、ひどいじゃないの」

「ど、どうして、そのことを……」

どういうわけか、京香はついさっき俊介が冴子にした話を知っていた。

「西谷さん、あなた、私たちの話を盗み聞きしたのね」

「も、もしかして……」

俊介は自分が持っていたバッグの中を覗いてみた。この外出用のバッグの中身はいつも同じで、入れっぱなしにしていることが多かった。だから、いちいち中身を確認することはないのだ。

「こ、これは……」

バッグの中から一つだけ見覚えのないものが出てきた。黒い色をした煙草の箱の半分くらいの大きさのものだ。

「これは西谷さんが吉崎君のバッグの中に仕掛けた盗聴器ね」

「そうよ、二人の会話を聞かせてもらったわ」

昨日も俊介はこのバッグを京香が宿泊しているホテルの部屋に持っていった。京香は昨日、バッグの中にこっそり盗聴器を入れたのだ。

そして、京香はホテルでの出来事をわざと冴子に話し、冴子が俊介に会うように仕向けたに違いない。そして、冴子と俊介の会話を盗聴し、新たな情報を獲得することに成功したのだった。

「どちらにせよ、その平沼という教師が盗撮事件の犯人だと確定したわけじゃないわ。西谷さん、あなた、まさか、盗聴して得た情報をテレビで流すつもり？そんなことをしたら、訴えるわよ」

「もちろん、今の段階ではまだ何も放送できないわ。だから、その平沼という男を罠にかけて、真実を明らかにした方がいいんじゃないかしら」

「罠にかける?」

「だって、いくら俊介君の証言があったとしても、そのCD-ROMだけで平沼を有罪にできるとは思えないわ。もっと確かな証拠をつかむか、平沼に自白させる必要があるわ。それには罠を仕掛けるのが一番なのよ」

「そんな馬鹿なことを言わないでちょうだい。これはテレビドラマの中の出来事ではないのよ。それは警察の仕事であって、私たち素人がやるべきことではないわ。それに……」

「それに、自分とは関係ないと言いたいんでしょ。冴子さんは盗撮事件の件で学校側を訴えようとしている父兄に雇われたのであって、事件の犯人が誰であるかなんて興味がないんだわ」

「そんなことはないわよ。私だって、犯人は早く捕まってほしいわ。でも、私たちが探偵ごっこをしたって、警察の邪魔になるだけよ」

「警察なんて当てにならないわ。私たちが自分たちの力でどうにかすべきなのよ。それには冴子さんの協力が必要だわ」

「悪いけど、お断りするわ。吉崎君と私をそんなことに巻き込まないでちょうだい」

「冴子さんは一つ大事なことを忘れているようね。私はこの部屋で起こったことを全部知っているのよ。盗撮事件のことで父兄に雇われている弁護士が生徒と関係を持ったなんて、世間の人たちにとっては大きなスキャンダルだわ。私に協力してくれれば、こちらとしては誰にもあなたたちの関係を話すつもりはないわ」

「あなただって、吉崎君を誘惑したじゃないの。マスコミが喜びそうなスキャンダルは、むしろ、そっちの方よ」

「今はそんなことを言い合っても無意味だわ。私たちは協力し合うべきなのよ。今のところ、この盗撮事件を解決することができるのは私たちだけなんだから」

俊介との関係を持ち出されると、冴子も何も言い返せなくなってしまうようだった。盗聴器は彼のバッグに仕掛けられていたので、寝室に行ってからの行為は京香に聞かれずに済んだかもしれないが、リビングでやったことは全部筒抜けになっていたに違いなかった。

「冴子さんだって、本当は自分の手で犯人を捕まえたいと思っているはずよ。私たち三人が協力し合えば、それも不可能ではないわ」

「…………」

「冴子さんも噂を耳にしているでしょうけど、今回の盗撮事件の犯人はそれ以外にももっとひどいことをしているらしいわ。言うことをきかなければ、撮影した動画を公表するとおどして、自分が盗撮した女子生徒たちのうちの何人かを、ラブホテルに連れ込んで乱暴したり、アダルトビデオに出演させたり、売春させたりしているそうよ」

今初めて聞いた話だった。これは単なる盗撮事件ではなかったのだ。平沼がそんな悪魔のような一面を隠していたなんて、俊介は思いもしなかった。

しかし、冴子は京香の話にもそれほど驚いた様子は見せなかった。どうやら冴子もその噂は耳にしていたらしい。

「西谷さん、その噂の裏づけはとれたの？」

「被害にあった女の子から話を聞くことができたわ。けど、犯人はうまく顔を隠していて、誰であるかはわからなかったと言っているの。ラブホテルでは、被害者の女の子は目隠しをさせられていたようだし」

多分、盗撮された動画の中には女の子の顔が映っているものもあったのだろう。平沼はそれを使って相手を脅迫し、レイプしたりしていたのだ。

もしかすると、最初から平沼は女の子を脅迫するのが目的で盗撮を行なっていたのかもしれなかった。

教師が生徒にそんなことをするなんて許されるはずがなかった。いや、それは人間のやることではなかった。そういうことを平気でする人間がいるという事実が本当に恐ろしかった。

「わかったわ。そんな非道な犯人を野放しにしておくわけにはいかないわね。私たちで何とかしましょう。西谷さんに協力するわ」

冷静な口調だったが、冴子は覚悟を決めたようだった。弁護士としてはそんなことはやるべきではなかったが、最も大切なのは正義を貫くことなのだ。以前の冴子だったらまだ躊躇《ちゅうちょ》していたかもしれないが、彼女は俊介とセックスをすることにより、精神的にも吹っ切れたのではないかと思われた。

冴子が自分たちで犯人を捕まえる決心をした背景には、やはり高校時代に彼女自身が盗撮されそうになったことも影響しているに違いなかった。

「で、どうやって平沼を罠にかけるの？」

「このＣＤ-ＲＯＭを餌におびき寄せるのよ」

京香が冴子と俊介に話したのは非常に大胆な計画だった。

2

月曜日の午前中に数学の授業があったが、そのあとで俊介は職員室まで来るように平沼に言われた。

計画がばれたのではないかと思い、俊介はドキッとしたが、冴子たちが行動を起こすのは今日の午後だから、平沼はまだ何も知らないはずだった。

あるいは、俊介が問題のCD-ROMを持っていることに平沼が気づいたのだろうか。だが、俊介が視聴覚準備室であのCD-ROMを拾ったとき、彼は平沼に姿を見られていないはずだった。

「吉崎、お前、例の盗撮事件を調べている弁護士や、テレビ局のキャスターにつきまとわれているそうじゃないか。学校側の許可がない限り、生徒に対する調査や取材はできないはずなんだがな」

CD-ROMのことではなかったので、俊介はホッと胸を撫でおろした。どうやら彼が冴子や京香と一緒にいるところを見た者がおり、それが平沼の耳にも入ったようだ。

「吉崎はおとなしい性格だから、そういう連中に狙われやすいのかもしれないが、何も喋っちゃ駄目だぞ。今度、彼女らにしつこく声をかけられたら、先生に言いなさい。追い払ってやるから」

俊介があのCD-ROMを持っていることを知ったら、平沼はどう思うだろうか。あらゆる卑劣な手段を使って、大切なCD-ROMを取り返そうとするに違いなかった。

この男は盗撮事件の犯人であるというだけでなく、極悪な強姦魔でもあるのだ。うまく餌に食いついてくれるだろうか。

俊介はおとなしく平沼の話に耳を傾けているふりをしながら、京香から聞かされた計画の手順を、もう一度、頭の中で思い返していたのだった。

その日の夕方、俊介は京香と一緒にホテルの部屋の中にいた。京香はそのホテルを一旦、引き払ったはずだが、今回の計画のために新たにチェックインしたらしい。

京香が局の人間にどのように事情を説明し、説得したのかわからないが、夕方のニュースのためにテレビ局に戻る必要はないということだった。京香はジャーナリストとして、これから行なおうとしていることにすべてを賭けているのだ。

俊介の父親は今朝から九州の方に出張に出かけたので、帰りが遅くなっても大丈夫だった。まあ、計画がうまくいけば、そんなに遅くなることはないはずだが。

俊介たちがいるのはホテルの部屋の洗面所の中だった。洗面所の扉が少しだけ開けられており、その隙間から部屋の様子を見ることができた。

二人の横には三脚に取りつけられたビデオカメラが設置されていた。これで部屋の中を撮影するのだ。

カメラのセットを終えた京香は洗面所に持ち込んだ椅子に座っており、俊介はどうも落ち着かない様子でその横に立っていた。

部屋の中には誰もいなかった。冴子は外出中だった。計画が実行されるまでにはまだ少し時間があった。

そんなに複雑な計画ではない。冴子が平沼に連絡をとり、ＣＤ-ＲＯＭのことをほのめかしつつ、この部屋におびき寄せる。ＣＤ-ＲＯＭの話をすれば、平沼は必ずここに来るはずだ。

そして、この部屋で冴子が平沼を問い詰め、盗撮のことや脅迫のことを白状させる。その様子を京香と俊介がこっそりビデオに証拠として記録しておくのだ。これで、平沼の息の根を止めることができるに違いなかった。

平沼がどういう行動に出るかわからないが、一番危険なのは冴子だった。最初は京香が平沼の相手をするつもりだったが、冴子が役割を交替してしまったのだ。冴子はどうしても自分で直接、平沼と対決したいと思っているようだった。

俊介は冴子のことが心配だったが、京香と一緒に冴子を一生懸命バックアップするしかなかった。

「平沼がここに来るまでには、もうちょっと時間がかかりそうね」

京香が腕時計を見ながらそう言った。

「ところで、俊介、冴子さんとエッチして気持ちよかったかしら？」

俊介は突然、京香にそんなことをきかれ、返答に困ってしまった。京香はいつの間にか俊介の名前を呼び捨てにしていた。

「私の方は音しか聞こえないから、いろいろ想像が膨らんじゃったわ。冴子さんにオチ×チンをしゃぶられちゃったんでしょ」

「ええ、まあ……」

「冴子さんてどんなふうにオチ×チンをしゃぶるのかしら。あんな真面目な冴子さんがそんなことをするなんて、ちょっと信じられないわね」

しかし、京香の前で冴子のフェラチオの話をするのは気が引けた。しかも、これから大事な計画を実行しようとしているのだ。

「そうね、そういうことは口ではなかなか説明しにくいわね。じゃあ、私が俊介のオチ×チンをしゃぶってあげるから、冴子さんの舐め方とはどう違うか、具体的に教えてちょうだい」

そう言うと、京香は俊介のズボンをさっさと脱がしてしまった。あっという間にブリーフ姿にさせられてしまう。

「京香さん……」

「不謹慎だとは思わないでね。冴子さんと平沼がこの部屋に来るまでには、まだまだ時間がかかるわ。私が俊介にこういうことをしてあげるのは、緊張を解いて、リラックスさせる意味合いもあるのよ」

だからといって、こんなところでフェラチオをするというのはやりすぎであるような気がした。

それでも、京香にズボンを脱がされてしまうと、俊介のペニスはブリーフの中ですぐさま硬くなってしまった。

ブリーフの前の部分が突っ張ってしまう。俊介の股間には白い布地の小さなテントが張られていた。

「今日も元気ね。それとも、冴子さんにしゃぶられたときのことを思い出しちゃったのかしら」

京香はブリーフに包まれたペニスに淫靡な視線を向けていたが、ブリーフを脱がそうともしなかったし、勃起したペニスを握ろうともしなかった。

「もしかすると、急に冴子さんが戻ってくるといけないから、今日はこのまま舐めることにするわ」

京香は俊介のペニスをブリーフの上からパクッとくわえてしまった。ブリーフをはいたままフェラチオされるというのは変な感じだった。

京香の唾液が大量に分泌され、ブリーフの布地に染み込んでくる。そこには既に先走り液が滲み出し、小さな染みを作っていたが、あっという間に唾液の染みと一緒になってしまった。

俊介のペニスは京香の口の中にあったが、張り詰めた亀頭と彼女の舌は一枚の布地で隔てられていた。じかに接触しているわけではないのだ。

「ふぐぐっ……」

京香は彼のペニスを、一旦、口から出し、舌を使って舐め始めた。だが、それもブリーフの上からだ。

直接、舐めこすられているわけではないので、ちょっともどかしかった。京香は俊介を焦らしているのだろうか。あまりにもどかしくて、勃起したペニスがブリーフの中で暴れ回ってしまった。

舌先でブリーフの上からカリ首の溝をなぞっていく。ブリーフに包まれた白いペニスの上をピンク色の舌が這い回る様子は妙になまめかしかった。

「むぐっ、むぐっ……」

京香は再び膨れ上がったペニスをブリーフごと口に含んだ。布地の厚みの分だけペニスが大きくなっているので、口を精一杯開けないと苦しそうだった。

口の中で舌を動かし、唾液をたっぷりとまぶしていく。もう既に亀頭の部分の布地には唾液が大量に染み込んでいた。

そういう状態だと、唾液の染み込んだ布地と亀頭の表面がこすり合わされ、不思議な快感が生み出されるようだった。ダイレクトに舐められるのとはまた違った快感だ。

当然のことながら、インパクトはこちらの方が弱いが、ブリーフの布地に染み込んだ唾液のぬめりが亀頭全体に襲いかかってくる。布地が亀頭に密着し、そこに生み出される摩擦感をさらに妖しいものにしていた。

唾液が染み込んだブリーフの布地には、口内粘膜とはまた違った心地よさがあった。京香がペニスをくわえたまま首を横に振ったりすると、ブリーフの布地がよじれ、突然、強い刺激が襲いかかってくる。

まだ直接舐められたわけでもないのに、俊介は早くも射精しそうになっていた。だが、このまま発射してしまうと、夢精したときみたいにブリーフを汚してしまうことになる。それではあまりに情けないので、俊介はぐっと我慢していた。

「ほら、パンツに勃起したペニスのシルエットがくっきり浮かび上がっているわ」

京香がペニスを吐き出すと、確かにブリーフの布地がペニスにくっつき、その卑猥な形状が露骨にあらわれてしまっていた。

どの部分にも唾液がたっぷりと染み込んでいるので、ペニスが濡れた布地にちょっと透けてしまっている。

もしこれがアダルトビデオのワンシーンだったら、モザイクをかける必要があるだろう。ペニスの部分が透けすぎていて、ビデオ倫理協会の審査に引っかかてしまう恐れがあるからだ。

「もうパンツは邪魔ね。冴子さんもまだ当分来ないみたいだから、これは脱いでしまった方がいいわ」

ブリーフをはかせたままフェラチオしたのは京香自身なのに、彼女はそんな自分勝手なことを言い出し、俊介のブリーフを一気に引きずりおろしてしまった。濡れた布地に包まれていたペニスが反り返りながら飛び出してくる。

「むぐぐっ……」

京香は遠慮することなく、今度はじかにペニスを丸ごと頰張ってしまった。艶やかな唇で強く挟み込むようにしてくわえている。

ブリーフごしにされたフェラチオが今になって意外な影響を及ぼしていた。布地ごしに舐められることに慣れてしまったのか、じかにしゃぶられたときの気持ちよさがやけに強く感じられるのだ。

先ほどのブリーフごしの刺激は実際にはそんなに強くなかったので、直接的なフェラチオの気持ちよさが逆に新鮮に感じられ、敏感になっているペニスに大きな快感をもたらしていた。

ブリーフをはいたままのフェラチオもそれほど悪くなかったが、やはりダイレクトな口内粘膜の接触には独特の気持ちよさがあり、俊介はそれを満喫してしまった。京香の唇、舌、口内粘膜、そのすべてを自分のペニスでじかに感じ取っていた。それはまさにフェラチオの醍醐味だった。

「はぐっ……」

京香は手を使わず、口だけでペニスを刺激していた。唇でペニスをしごき立て、頬をへこませて強烈な吸引を加える。それはある意味、余分な要素を排除した非常に純粋なフェラチオだった。

しかし、京香は手を全く遊ばせていたわけではなかった。ただペニスにはあえて触れなかったというだけだ。

「両手があいているけど、どうしたらいいかしら。そうだわ、ここをタッチしてあげればいいんだわ」

京香は手を俊介の尻の方に回し、彼の下半身に抱きつくようにしてペニスをしゃぶり始めた。手は尻の溝に沿って移動していき、次の瞬間、京香の中指は俊介のアヌスをとらえていた。

「ああっ、京香さん、そこは……」

「冴子さんだって、ここは触ってくれなかったでしょ」

京香はアヌス皺を指先でくすぐるようにしていた。この前、フェイスブラシで責められたときよりも妖しい快感がこみ上げてくる。やはり、京香が道具を使わず、指で直接汚いアヌスを触ってくれているという事実が大きな快感に結びついていた。

アヌスを刺激されると、俊介のペニスは怖いくらいにビンビンになってしまった。アヌスとペニスの性感は直結しており、アヌスをいじくり回されるとすぐさまペニスが反応してしまうのだ。

「はぐっ、はぐっ……」

もちろん、濃厚なフェラチオが続けられていた。おしゃぶりの快感もアヌスの快感もすべてペニスに集約され、俊介のペニスは自分でも恐ろしくなってしまうほどいきり立っている。

京香のアヌスいじりはだんだん過激になっていった。単にアヌス皺をこすり回すだけでなく、肛門に軽く指を潜り込ませようとしている。痛くはなかったが、その刺激はあまりに強烈すぎた。

「そろそろ選手交代しましょう。さあ、俊介、椅子に座って」

京香はアヌスいじりをやめ、口からスポッとペニスを吐き出すと、俊介にそう命令した。俊介は何が何だかわからないまま、言われた通りにした。

椅子に座ると、京香の唾液にまみれたペニスが垂直にそそり立ってしまった。もうアヌスはいじくられていなかったが、俊介の肛門にはまだ彼女の指の感触が残っており、かすかに疼いているのだ。

京香は手早くスカートとパンストとパンティを脱ぎ捨てた。つまり、自分から下半身を丸出しにしてしまったのだ。

それから、京香は椅子に座っている俊介の上に、向き合うようにしてまたがってきた。俊介の股間にはペニスが槍のようにそそり立っており、その切っ先はむき出しになった彼女のヴァギナにあてがわれた。

驚いたことに、京香のヴァギナは既に濡れそぼっていた。秘穴の入口に張り詰めた亀頭をあてがっただけで、愛液がこぼれ出し、反り返った俊介のペニスをヌルヌルと伝い落ちていった。

「ううう っ、この体位も悪くないわね。子宮を突き抜けそうな感じよ……」

京香は俊介の体につかまりながら腰をおろしていった。硬直したペニスが成熟したヴァギナに埋没していく。俊介のペニスは京香のワレメを押し広げながら、そのぬかるんだ秘穴にめり込んでいった。

京香と俊介は椅子の上で交わっていた。ちょっと不安定な体勢だ。そのため、京香は俊介の体にしっかりとしがみついていたが、それだけでは不十分なのか、ペニスをヴァギナで締めつけることによって、体がずり落ちてしまうのを防いでいた。

体は密着していたが、正常位のときほど結合は深くなかった。しかし、サオの半分くらいまで挿入されており、十分、気持ちよかった。

結合部をじっくり眺めることはできなかったが、俊介はそそり立つペニスで二人が淫らに交わっていることを敏感に感じ取っていた。

「ねえ、俊介が私の体を持ち上げて、オチ×チンを出し入れさせてみて」

確かに、この体位では京香が自分で腰を動かすのは難しそうだった。そこで、俊介は彼女の尻の下に手を入れ、京香の体を持ち上げたりおろしたりすることによってピストン運動を開始した。

「ああっ、ああっ、俊介のオチ×チンて、大きさも硬さも私のアソコにぴったりだわ」

俊介は大して力がないので、京香の体を何度も持ち上げられるか心配だったが、ときどき休みをちょっと入れれば大丈夫だった。

激しい出し入れのあと、俊介が結合したまま京香のヒップを膝の上にのせて小休止していると、彼女は自分から腰をくねらせ、ヒップを淫らに回転させるようにして、勃起したペニスで秘穴をかき乱される快感を楽しんでいた。

これがまた気持ちよかった。単純にペニスが秘肉で摩擦されるだけでなく、ねじれるような回転運動が加わっているのだ。

京香の腰の動きによってペニスの挿入角度が次々に変わり、俊介のペニスは襲いかかってくるねじれとよじれでどうにかなりそうだった。

それに、京香の腰のくねらせ方も美人キャスターとは思えないほど淫らで、興奮してしまった。テレビの視聴者は、人気キャスターである京香が高校生を相手に、こんなセクシーな腰づかいを披露しているとは、想像もできないに違いない。

「あはあっ、あはあっ……」

京香は隣の部屋に聞こえてしまうのではないかと心配になるほど喘ぎまくっている。もし急に冴子が戻ってきたりしたらどうするつもりなのだろうか。

これから大事な計画を実行しようとしているのに、こんなところで京香とセックスしてしまうなんて、俊介は何だか冴子に悪いような気がした。

おそらく、冴子は危険を冒して平沼と連絡をとり、今まさにあの男をこの部屋に連れてこようとしているところに違いない。それなのに、俊介は京香とのセックスにのめり込んでしまっているのだ。

だが、京香とのセックスを途中でやめることはできなかった。一昨日、童貞を喪失したばかりなのに、俊介はもう大人の女性の成熟した肉体の虜になってしまっていた。

「はあんっ、はあんっ、はあんっ！」

京香は今や、膝を曲げ、完全に俊介の太ももの上にのっていた。彼は京香の膝の内側に手を差し込むようにして彼女の体を持ち上げ、荒々しい出し入れを繰り返している。京香のヒップが俊介の膝の上で弾んでいた。

膝を曲げてM字開脚に近い格好になっているので、先ほどと違い、結合部をそれなりに観察することができた。愛液にまみれたペニスが美人キャスターのワレメをダイナミックに掘削《くっさく》している。

俊介の腰の動きに合わせて、グジュッグジュッというはしたない音が洗面所の中に響き渡っていた。粘り気のある愛液が秘穴の中で攪拌《かくはん》される音だ。

京香の体をできるだけ高く持ち上げると、ペニスが抜けそうになり、非常に危うい状態になってしまった。亀頭の部分のみが秘穴に挿入されており、カリ首が辛うじて花びらの縁に引っかかっているだけなのだ。

だが、それは一瞬のことで、ペニスは再び美人キャスターの蜜穴に吞み込まれてしまった。手で支えてはいたが、二人がつながっているのはこの結合部の一点だけであり、そこからあんなに大きな快感が生み出されるのかと思うと、俊介はセックスという行為の奥深さに不思議な感動を覚えた。

しかし、感動なんかしている場合ではなかった。京香が派手な喘ぎ声とともに大きく背中をのけぞらせると、ヴァギナがギュウギュウ締まり始めたのだ。

「おおっ、京香さん、締まる……」

「あうあっ、くううっ、イッちゃう！」

ペニスがちぎれそうになるほどの締まり方だった。今は腰をくねらせているわけではないのに、きつく締まりながら秘穴がねじれるような動きを示している。秘穴の内部が悩ましげに波打っているのだ。成熟した大人の女性のヴァギナは淫らで神秘的な魅力に満ちていた。

京香は俊介のペニスで昇り詰めてしまったようだった。京香も冴子に対する後ろめたい気持ちが異常な快感につながり、未熟な俊介とのセックスでもアクメに達してしまったのかもしれなかった。

当然のことながら、俊介も京香のヴァギナの妖しい蠢きと強力な締めつけには勝てず、美人キャスターの秘穴にザーメンを中出ししてしまった。

「いっぱい出ているわね。俊介のオチ×チンが私の中で何度も脈打って、ザーメンをたくさん流し込んでくれているわ。素敵よ……」

憧れの美人キャスターが素敵と言ってくれるなんて夢のようだった。俊介はこれから自分たちが平沼と対決することになっているのを忘れてしまいそうだった。

まだ硬さは失われていなかったが、すべてを出し切り、俊介のペニスもようやく落ち着きを取り戻したようだった。そこで、京香はヴァギナからペニスを引き抜いて静かに立ち上がった。

「イヤ、垂れてきちゃったわ……」

すると、京香のヴァギナから中出ししたザーメンが逆流してこぼれ落ちてきた。ドロッとしたザーメンが白い糸を引いて、俊介の膝の上に垂れてしまったのだった。

3

冴子が平沼を連れて部屋の中に入ってきたとき、京香と俊介はセックスの後始末をしているところだった。

もう間に合わなかったので、京香はとりあえずヴァギナを拭き、丸出しの下半身に慌ててスカートだけ身につけた。俊介もどうにかブリーフとズボンをはき、洗面所から部屋の様子を見守ることにした。

ホテルの部屋の中では冴子と平沼が対峙していた。平沼は洗面所に俊介たちがおり、そこにビデオカメラが設置されていることに気づいていないようだった。

「で、弁護士さん、そのCD-ROMというのはどこにあるのかな」

「ここにあるわ。このCD-ROMはあなたが管理している視聴覚準備室で、ある人物が拾い、私に託したものよ」

「ある人物というのは生徒たちのうちの誰かだろうね。あとでその生徒の名前を聞かせてほしいな」

「このCD-ROMの中には、学校の女子トイレを隠し撮りした動画のデータが記録されていたわ」

「だから、俺が盗撮事件の犯人だというのかね」

「そうよ。こうなったら、自分が犯人だと認めるしかないんじゃないかしら。逮捕される前に、自首した方がいいわ」

「そうしたら、弁護士さん、あんたが俺の弁護をしてくれるかね」

「お断りするわ。どんな犯罪者でも弁護士を頼む権利はあるけど、個人的にあなたのような人間とはかかわりたくないの。平沼先生、あなたは盗撮した映像を使って、女子生徒を脅迫し、レイプしたそうじゃないの」

「妙な言いがかりをつけるのはやめてほしいな。大体、そのCD-ROMが視聴覚準備室に落ちていたからといって、俺が盗撮の犯人であるという証拠になるのかね。それは俺のものではないかもしれないじゃないか」

平沼の言う通りだった。それは決定的な証拠ではなかった。たとえ俊介が証言したとしても、そのCD-ROMと平沼を確実に結びつけるのは難しいかもしれない。

しかし、平沼が犯人であることは間違いないのだ。何とかしてそれをカメラの前で本人に認めさせなければならなかった。

「いいえ、このCD-ROMに保存されている動画は、明らかにあなたが撮影したものだわ。なぜなら、動画の一部に、盗撮用のカメラのアングルを直すあなたの姿が映っているからよ」

盗撮された映像に盗撮者自身の姿が映っているというのはよくある話だった。だが、冴子が言っていることは事実ではなかった。平沼が映っているシーンなど存在しない。はったりをかけてみたのだ。

「馬鹿な。俺がそんなミスを犯すわけないだろ。オリジナルの動画のデータはすべてチェックしているんだ。たとえ俺の姿が映っていたとしても、ＣＤ-ＲＯＭに保存する前にカットしてしまうに決まっているじゃないか」

「ふふっ……」

「何がおかしい？」

「とうとう正体を現したわね。今、あなたはこのＣＤ-ＲＯＭが自分のものであることを認めたのよ。同時に、盗撮事件の犯人があなただということもね」

「俺はあくまでも否定するさ。どうせ今の言葉を聞いていたのはあんただけだ。あんたの口を封じれば、何も問題はない」

「私たちの会話はすべて記録されているのよ。もう観念しなさい」

「それはどうかな。会話を記録したテープを処分してしまえば、俺はいつまでも安泰だ。あとは、あんたに沈黙を守ってもらうだけでいい。そんなのは簡単なことさ」

　平沼の動きは素早かった。あっという間に冴子の背後に回り、彼女の体を羽交い締めにしてしまった。冴子は完全に体の自由を奪われてしまっていた。

「どうするつもりなの？　逃げられやしないわよ」

「あんただって、一度、俺に抱かれれば、俺から離れられなくなって、もっと従順な態度を示すようになるさ」

平沼はいきなり冴子のブラウスに手をかけ、ボタンを引きちぎるようにして胸をはだけさせてしまった。ブラジャーに包まれたFカップのバストがさらけ出されてしまう。

平沼は冴子をレイプして口を封じるつもりなのだ。平沼という男は教師のくせに盗撮した動画のデータで女子生徒をおどし、平気でレイプするような人間であり、こういう危険があることはあらかじめわかっていた。それなのに、京香と俊介は冴子にこんな危険なことをやらせてしまったのだ。

実際のところ、平沼がどう思っているのかはよくわからなかった。冴子をレイプすることによって、本当にこの危機を乗り切ることができると思っているのか。それだけ自分に自信があるのか。

それとも、自分が盗撮事件の犯人であることを冴子に見抜かれてしまい、やけになって彼女を犯そうとしているのか。もし後者なら、さらに危険が高くなってしまう。追い詰められた人間は何をするかわからないからだ。

平沼は冴子からCD-ROMを取り上げ、投げ捨てた。それから、ブラジャーのカップの部分に手をかけ、肩紐を引きちぎるようにしてブラをはずしてしまった。こういうことをやり慣れている感じだった。

「きゃあっ、やめて……」

冷静だった冴子もさすがに悲鳴をあげた。だが、その声を聞きつけて誰かがこの部屋にやってくる可能性は少なかった。

冴子のFカップの巨乳が丸出しになってしまっていた。ブラジャーは完全に取り去られてしまったわけではなく、まだ左の肩に引っかかっている。

「弁護士さん、そのでかいオッパイをたっぷり痛めつけてやるぜ」

平沼は後ろから手を回し、容赦なくむき出しになったバストを揉みまくった。柔らかなバストに指を食い込ませ、乱暴につかんでいる。あれでは冴子の乳房が傷つけられてしまうのではないかと思った。

今すぐにでも冴子を助けにいかなければならなかった。だが、京香も俊介も体が動かなかった。自分が暴力を受けているわけではないのに、見ているだけで、足がすくんでしまっているのだ。現実の暴力というのはそれだけショッキングで恐ろしいものだった。

しかし、それとは矛盾するが、あらわになった巨乳をいたぶられている冴子の姿を目の当たりにして、俊介はちょっぴり興奮してしまった。意志に反してペニスが硬くなってくる。冴子の被虐的な姿がなまめかしいのだ。

セットされたビデオカメラは自動的に撮影を続けており、冴子の痴態がテープに録画されてしまっていた。

「放してちょうだい」

だが、冴子はすぐには屈服しなかった。どれだけ恥ずかしいめにあっても、何とか手足を振り回して平沼から逃れようとしている。

「きゃああっ！」

ところが、突然、平沼が冴子の体から手を離し、逆に彼女を突き飛ばしたので、冴子は前のめりに倒れてしまった。

「放せっていうから放してやったんじゃないか」

バランスを崩して床に倒れてしまった冴子はすぐに立ち上がろうとした。だが、その前に平沼が冴子の足をつかみ、持ち上げてしまった。

「ひいいっ！」

平沼は冴子の足を自分の方に引き寄せた。そのため、彼女は両足が浮いてしまい、上半身の方は床に手をついて、腕立て伏せをするような格好になってしまった。

これではどうすることもできなかった。冴子はどうにかして体の自由を取り戻そうとしたが、両足をしっかりつかまれてしまっており、反対に腕が曲がって顔を床にこすりつけるような形になってしまった。Ｆカップのバストも床に押しつけられ、卑猥に潰れてしまっている。

平沼は冴子の足をつかんだまま、彼女の太ももの間に腰を割り込ませた。冴子はまるで人間手押し車のようになってしまっていた。

「ほらほら、どうしたどうした。もっと抵抗してくれないと、こっちとしても面白くないぜ。それとも、俺のものが欲しくなってきちゃったのか」

平沼は冴子の下半身を支えたまま、パンストをビリビリと破ってしまった。パンティもあっさりはぎ取られてしまう。彼女はもう下半身にはスカート以外は何も身につけていなかった。スカートが大きくめくれてしまっているので、ヴァギナもヒップも完全な露出状態だった。

「弁護士さんのいやらしいオマ×コに、俺のものをぶち込んでやるぜ」

平沼はズボンのファスナーをおろして、勃起したペニスを引っ張り出し、冴子の腰をさらに引き寄せた。この格好のまま、後ろから合体しようとしているのだ。バックでの合体だが、冴子の下半身は平沼に持ち上げられ、宙に浮いてしまっていた。

このままでは冴子が平沼に犯されてしまう。平沼の表情は狂気に満ちていた。冴子はなすすべもなく体を引きずられ、平沼のペニスが彼女のヴァギナの中にねじ込まれようとしていた。

「待ちなさい！」

そう叫んだのは京香だった。ようやく呪縛が解けたのだ。京香と俊介は冴子を助けるために洗面所から飛び出していった。

「冴子さんを放すのよ」

「ほうっ、美人キャスターまでいたのか。慌てなくても、この弁護士さんのあとに、たっぷり相手をしてやるよ」

それから、平沼は俊介の方に顔を向けた。

「CD-ROMを拾ったのは、やっぱりお前だったか。お前は知り合いのホモにでも売り飛ばしてやる」

平沼は京香と俊介の姿を見ても、それほど慌てた様子は見せなかった。どうせ相手は女と子供なので、どうにでもなると思っているようだった。

不意に京香の体が動いた。平沼との距離を縮め、足を高く上げながら体を回転させる。力強く鋭い動きだった。京香はノーパンだったので、足を高く上げると、ヴァギナが見えそうになってしまった。

次の瞬間、京香の足が見事に平沼の体をとらえ、彼女の爪先が平沼のみぞおちに食い込んでいた。

「ぐふっ……」

平沼は奇妙なうめき声をあげながら体を折り曲げ、後ろに吹き飛ばされた。そのまま壁に叩きつけられ、床に崩れ落ちてしまう。

俊介は最初、何が起こったのかわからなかった。京香が平沼に回し蹴りを食らわせたのだ。かなりの衝撃を受けたのか、平沼は床に倒れたままうめいている。

「冴子さん、大丈夫?」

京香が冴子に駆け寄り、助け起こした。

「大丈夫よ。助けてくれてありがとう。なかなかやるじゃないの」

「以前、ストーカーにつきまとわれて、怖い思いをしたことがあるので、護身のために、空手を習っているの。こんなときに役立つとは思わなかったわ」

京香のように美しい女性が空手をやっており、あんなに凄い蹴りで平沼を倒してしまうとは思わなかった。

とにかく、こうして盗撮事件は二人の美女の活躍で無事解決した。俊介は改めて冴子と京香の魅力的な姿に見とれてしまったのだった。

4

三人は警察で話を聞かれたが、詳細な事情聴取は明日に回され、そんなに遅くならずに警察署をあとにすることができた。

「せっかく事件が解決したんだから、三人でお祝いをしましょうよ」

京香がそう提案した。

「だけど、俊介君が一緒だと、居酒屋に行くというわけにはいかないわね」

冴子はいつの間にか俊介のことを名前で呼ぶようになっていた。しかし、いくら年上だからといって、京香のように呼び捨てにしたりはしなかった。

「じゃあ、ホテルの部屋に行く？　私は構わないけど、あんなことがあったあとだから、冴子さんはあそこにあまり行きたくないんじゃないかしら」

京香の言う通りだった。冴子はあの部屋で平沼に犯されそうになったのだ。冴子はずっと平然とした態度をとり続けていたが、やはり、先ほど、ホテルの部屋で起こったことはあまり思い出したくないに違いなかった。

「そうなると、私の部屋に来てもらうしかなさそうね。くつろげるかどうかはわからないけど」

そう言って、冴子は快く京香と俊介を自分のマンションの部屋に招待してくれた。

「ワインくらいあるんでしょ。今夜は飲み明かしたいわ」

三人はタクシーを拾い、冴子のマンションに向かった。三人ともタクシーの後部座席に乗り込んだが、どういうわけか俊介を真ん中にして、京香が右側、冴子が左側に座る形になった。俊介は両手に花の状態だった。どちらもセクシーで色っぽい花だ。

俊介は二種類の香水の匂いに包まれていた。当然、つけている香水が違うので、匂いも若干異なっている。

京香の方が甘い香りであり、より女性らしさを強調した匂いだった。だが、冴子も控えめながら印象深い匂いのする香水を使っており、俊介はタクシーの車内の空気を胸一杯に吸い込み、二種類の香水の匂いを嗅ぎ比べていた。

おまけに、タクシーの後部座席は三人乗ればいっぱいになってしまい、俊介は両側から挟みつけられるような感じで、それぞれの太ももと腕が密着してしまっている。俊介は二人の女性の体の温もりを感じ取っていた。

京香は運転席の真後ろに座っているので、タクシーの運転手は彼女が人気のある美人キャスターであることに気づいていないようだった。

「一つ質問してもいいかしら。京香さんが私を助けてくれたとき、チラッと見えたんだけど、なぜ京香さんはあのとき下着をつけていなかったの？」

冴子が京香にそんなことをたずねた。さり気ない口調だったが、京香の答えによっては大きな問題を引き起こしそうな質問だった。

「さあ、どうしてかしら」

京香はその件に関してとぼけて答えないつもりのようだった。

俊介は二人の間で小さくなっていた。冴子と京香は運転手に聞かれないように小声で話しており、そうするとどうしても真ん中にいる俊介の方に顔と体を寄せてくる形になるのだ。美女二人の柔らかな体でサンドイッチされ、俊介はドキドキしてしまった。

「もしかして、私があの部屋に平沼を連れてくるまでの間、二人で変なことをしていたんじゃないでしょうね」

「まあ、野暮なことは言わないで。細かいことを詮索するのはやめましょうよ」

京香はのらりくらりと冴子の追及をかわしていた。プロの弁護士の追及をかわすとはなかなかのものだ。京香も芸能人のようなものであり、ワイドショーの芸能レポーターに鋭い質問をぶつけられることも少なくないようなので、そういうことには慣れているのかもしれなかった。

「俊介君、正直に答えなさい」

だが、京香が答えないとなると、追及の矛先は俊介の方に向けられた。

「あの、僕は、いや、その……」

俊介は完全にしどろもどろになってしまい、これでは何も言わなくても、京香とセックスしたことを認めているようなものだった。

「そのくらいいいじゃないの。リラックスするために、ちょっとここを可愛がってあげただけよ」

京香はそう言うと、俊介の股間に手を伸ばしてきて、ズボンの上から撫で回した。俊介はタクシーの運転手に見られたらまずいと思い、膝のところにバッグを立てるようにして置き、股間を隠した。

「京香さん、そんなふうに俊介君を誘惑するような真似はやめてちょうだい。この子はまだ高校生なのよ」

「高校生でも、体は立派な大人だわ」

京香は男性の股間の撫で回し方が上手だった。亀頭がどこにあるか見つけ出し、そこを集中的に刺激するのだ。そのため、俊介のペニスはすぐさま勃起してしまった。

「ほら、もうこんなに元気になってきたわ」

俊介の股間は早くもテント状態になっていた。京香はその天辺の部分を指先でつまみ、グリグリと弄んだ。

「やめなさい、こんなところで」

「本当は、冴子さんもこんなふうにしてみたいんでしょ。それなら、理性なんて捨てて、好きなようにやってみればいいのに」

京香の指は俊介のズボンのファスナーを探り当てた。そして、ファスナーをおろし、ズボンの中に手を突っ込んできたのだ。

勃起したペニスはすぐに見つけられてしまった。京香はそれを自分のものであるかのようにしっかりと握り締めた。

それから、何と京香はペニスを握り締めたままズボンから手を抜き去り、俊介の勃起したペニスを外に引っ張り出してしまったのだ。

「あっ……」

「京香さん、何てことをするの……」

「大きくなって苦しそうだったんで、解放してあげたのよ」

いくらバッグで隠しているとはいえ、ここまでやってしまったら、タクシーの運転手に気づかれてしまう可能性が高かった。いや、もうとっくに気づかれてしまっているかもしれない。

俊介は車のルームミラーが気になって仕方がなかった。冴子も気にしているようだ。しかし、京香だけは平然としていた。

京香にペニスを握られているところを冴子に見られてしまっているのも、何だか恥ずかしかった。冴子は怖い顔をしながらも、そそり立つペニスをチラッチラッと見ている。

自分は今、タクシーの中で勃起したペニスをむき出しにして握られているのだ。そう思うと、逆に興奮がこみ上げてきて、俊介のペニスは最大限まで膨張してしまった。

「硬くなってきたわ。冴子さんも触ってみればいいのに」

京香にそう言われ、冴子は思わず俊介のペニスの方に手を伸ばしそうになったようだ。だが、途中で我に返り、手を引っ込める。

「俊介君、いくら若いからといって、みっともない真似はやめなさい。自分で小さくすることはできないの？」

「無理です……」

俊介は小さな声でそう答えた。いきり立ったペニスはもう自分ではコントロールできなくなっていた。

そんな俊介のペニスを京香は嬉しそうにしごき始めた。運転席の後ろなので、京香は運転手の視線をそれほど気にする必要がなかった。

「うっ……」

変なうめき声が出そうになってしまい、俊介は何とか手で口を押さえた。美人キャスターにペニスをしごきまくられ、腰が座席の上で勝手に暴れ出しそうになっていたが、両側に冴子と京香がいるので、ほとんど下半身を動かすことはできなかった。

「二人ともいい加減にしなさい」

そう言って、とうとう冴子が勃起したペニスに手を伸ばしてきた。だが、冴子はまだ欲望に負けておらず、京香と俊介が馬鹿な真似をするのをやめさせるつもりらしい。

しかし、実際に俊介のペニスに手を触れ、その硬さを指先で感じ取ってしまったら、こみ上げてくる欲望を抑えつけておくことは難しいようだった。

それに、京香が冴子の手をつかんで、幹の一番硬い部分を握らせてしまったので、いくら真面目な冴子でもそのたくましいものから手を離せなくなってしまった。ミイラ取りがミイラになってしまったのだ。

「凄いわね……」

「握っているだけで欲しくなっちゃうわ……」

とんでもないことになっていた。

ここはタクシーの中だというのに、魅力的な女弁護士と美人キャスターの二人に両側からペニスを握られてしまっているのだ。冴子はサオの上の方を、京香は下の方を握っており、ときどき軽くしごき立てている。

タクシーがカーブに差しかかると、そそり立つ俊介のペニスは、それを握り締めている女性たちの体と一緒に、右に倒れたり左に倒れたりしてしまった。

冴子と京香はときには競い合うように、ときには協力し合って、俊介のペニスを弄んだ。一人が亀頭を撫で回し、もう一人がサオをしごく。あるいは、二人の指先が交互に亀頭を刺激し、俊介はタクシーの後部座席で悶えてしまった。この二人は仲がいいのか悪いのかよくわからなかった。

結局、タクシーが冴子のマンションに到着するまで、冴子と京香は俊介のペニスをいたぶり続けたのだった。

第六章　花びらくらべ

1

タクシーの中であんなことがあったので、冴子のマンションに着いたら、二人にもっと過激なことをされてしまうのではないかと思っていたが、別に何もされなかった。

俊介のペニスのことなど忘れてしまったかのように、二人はちょっとした料理を作り、ワインをグラスに注いだ。

しかし、料理を食べたのは俊介だけで、冴子と京香はワインばかり飲んでいた。魅力的な大人の女性がワインを飲む様子はそれだけで絵になる。

ところが、冴子はそれほどアルコールに強くなかったようで、すぐに酔ってしまった。京香がわざとたくさん飲ませたということもある。酔った冴子はクッションに寄りかかり、眠ってしまった。

そのあと、京香はしばらく席を立ち、どこかに姿を消した。ここは冴子の家だというのに、何をやっているのだろうか。

その間、俊介は冴子の寝顔を眺めていた。

冴子は眠っているときもその美しさが失われていなかった。酔っているので、色白の肌が紅に染まっているのがちょっと色っぽかった。

部屋に戻ってきた京香はいくつかのものを持っていた。どういうつもりかわからないが、冴子の持ち物を勝手に持ってきてしまったようだった。

「冴子さんの服をこっちのに着替えさせるから、俊介も手伝って」

「どうして着替えさせるんですか？」

「こんな服を着てちゃ、リラックスできないでしょ。もっと楽な服を持ってきたわ」

京香が持ってきたのはどうやらテニスウエアのようだった。冴子がテニスをやるとは知らなかった。

しかし、眠っている冴子にテニスウエアを着せるというのがよくわからなかった。もちろん俊介としては、冴子がそれを着ているところを見られるのは非常に嬉しかったが。

着替えさせるには、今、身につけている服を脱がさなければならない。それでも、冴子は全然、目を覚まさなかった。

俊介は冴子の下着姿を楽しませてもらった。京香が持ってきたテニスウエアも冴子になかなか似合っていた。

冴子の方の準備が終わると、今度は京香が自分で着替え始めた。冴子とお揃いの衣装だ。京香のテニスウエア姿も悪くなかった。バストの大きさなどは違っても、冴子と京香は体のサイズがほぼ一緒らしい。だから、京香は特に問題なく、冴子の服を借りることができたのだ。

「ふふっ、眺めているだけじゃ面白くないから、これを使って冴子さんを気持ちよくしてあげたらどうかしら」

そう言いながら、京香が俊介に渡したのは、化粧用のフェイスブラシだった。俊介はそれと似たようなフェイスブラシで京香の体を責めたり、自分も可愛がってもらったりしたときのことを思い出してしまった。

今回は京香もフェイスブラシを一本持っていた。つまり、二本のブラシで同時に冴子の体を弄ぶことができるのだ。

京香は眠っている冴子の服をめくり上げ、ブラジャーを露出させたが、そのブラジャーもはずしてしまった。Ｆカップのバストがあらわになる。

京香と俊介は絨毯《じゅうたん》の上に仰向けに横たわっている冴子の両側に、添い寝するように体を接近させた。

京香、冴子、俊介の順で、川の字になっている。

早速、京香は冴子の乳首をフェイスブラシで刺激し始めた。俊介ももう片方の乳首にフェイスブラシを接触させる。冴子の左右両方の乳首に、それぞれ別の人間が操るフェイスブラシが襲いかかっているのだ。

「あうあっ……」

冴子は眠りながらも、喘ぎ声をあげてしまった。フェイスブラシで責められるのは初めてに違いない。

しかも、右側の乳首にこすりつけられているフェイスブラシの刺激と左側の乳首をいたぶっているブラシの刺激は微妙に異なっているようで、その違いが冴子をさらに悶えさせているようだった。

「くううっ……」

フェイスブラシで丹念に責め立てているうちに、冴子の小さな乳首が幾分コリッとしてきた。

眠っていても、彼女の乳首はとても敏感なようだった。あるいは、酔っていることで、アルコールのせいで、余計、敏感になっているのかもしれない。

俊介は一昨日、京香を責めたときと同じように、一生懸命、フェイスブラシを動かしてしまった。京香と息を合わせながらフェイスブラシの様々な動きで冴子を悶えさせる。

「ああああっ、イヤ……」

さすがに刺激が強すぎたのか、とうとう冴子は目を覚ましてしまった。しかし、今、自分が置かれた状況を理解するまでには、多少、時間がかかった。

「あら、冴子さん、ようやくお目覚めね」

「ううっ、京香さん、これ、どういうこと……」

「俊介と協力して、冴子さんの体の感度のよさを調べているの」

冴子はフェイスブラシで責められていることよりも、今の自分の格好に驚いているようだった。眠っている間に、いつの間にか着替えさせられてしまっていたのだ。

「私、どうしてテニスウエアを着ているの……？」

「懐かしいでしょ。大学時代を思い出すじゃない。こんなテニスウエアがしまってあるということは、冴子さんは今でもテニスを楽しんでいるのね」

冴子のような成熟した大人の女性がテニスウエアを着ると、あまりに色っぽくなりすぎて、見ている方がドキドキしてしまった。それに、弁護士である冴子は、普段、こんなに太ももがむき出しになるような格好はしないに違いない。

おまけに、今はテニスウエアの上半身の部分がめくられ、Ｆカップの巨乳が披露されてしまっているのだ。

「俊介、冴子さんと私は、大学時代、同じテニス関係のサークルに所属していたの。同好会だけどね。冴子さんの目的は真面目にテニスをするためであり、私の場合はただ友達と騒ぐことができればそれでよかったんだけど」

冴子と京香が大学の同じサークルに所属していたことは以前聞いていたが、それがテニスの同好会だったとは思わなかった。

冴子も京香もセクシーなテニスウエア姿を披露していた。大人の女性二人がこんなふうにテニスウエアを着て並んでいると、何だかその色っぽさに圧倒されそうになってしまった。特にむき出しになった生の太ももがまぶしすぎた。

そういえば、俊介は冴子と初めて会ったとき、学校のテニス部の部室を覗いているところを彼女に見つかってしまったのだ。

そのとき、俊介はマスターベーションの真っ最中で、冴子のスカートにザーメンを浴びせてしまった。

あれからほんの一週間くらいしかたっていないのに、それはもう遠い過去の出来事のような気がした。その後、俊介は様々なことを体験し、冴子とも京香ともセックスをしてしまったのだ。

こんな形で二人の女性のテニスウエア姿を見ることになろうとは、夢にも思わなかった。二人の成熟した大人の女性のテニスウエア姿は、学校のテニス部の女の子たちとは大きく異なっていた。

同じようなテニスウエアを着ていても、セクシーでエロチックでどこか誘惑の香りが強く漂っているのだ。

京香は冴子が目を覚ましたあとも、しつこくフェイスブラシで乳首をいたぶっていた。片方の乳首だけに刺激が集中したら不公平だと思い、俊介も再びフェイスブラシを動かし始めた。

「あううっ、そんなものでいじめないで……」

「乳首がこんなにコリコリになっているんだから、本当はもっとやってほしいんでしょ。弁護士なのに、言葉に説得力がないわよ」

たった一本のフェイスブラシでもかなり効果が高いのだ。それを二本同時に使われ、両方の乳首を責め立てられているのだから、冴子がこれだけ感じてしまうのもやむを得ないことだった。

それに加え、テニスをするわけでもないのに、わざわざこんな格好をさせられてしまっているのだ。

冴子はテニスウエア姿のまま乱れっぱなしだった。すると、ボリューム感のあるバストが揺れまくってしまった。あまりに揺れすぎて、フェイスブラシで乳首をピンポイント攻撃するのが難しくなってしまうほどだった。

当然のことながら、バストが揺れれば揺れるほど色っぽさが増してしまった。二つの乳房はぶつかり合い、ランダムな揺れが生じている。

「はあんっ、そんな、やめて……」

「そういうわけにはいかないわ。冴子さんは今日、平沼にレイプされそうになったでしょ。あの出来事のせいで、冴子さんが男性不信に陥ったりしたら困るもの。後輩として心配だわ。だから、セックスがどれだけ気持ちいいものか、冴子さんに再確認してもらおうと思ったの。今はまだその前の段階にすぎないわ」

「はふううっ……」

「これじゃあ、まだまだ感じ方が足りないわね。もっともっと気持ちよくなってもらわないと。もう少しワインを飲めば、リラックスして感じやすくなるかしら」

京香はそう言うと、ワイングラスを手に取り、ワインをたっぷり口に含んだ。だが、飲んでしまうのではなく、口の中に溜めておいた。それから、京香はクッションに寄りかかりながら、仰向けに横たわっている冴子に顔を近づけていった。何と京香は冴子にキスしてしまったのだ。しかも、それは普通のキスではなく、本格的なディープキスだった。冴子の唇がこじ開けられ、京香の舌が差し込まれる。同時に、ワインが冴子の口の中に注ぎ込まれていった。

つまり、京香は冴子に口移しでワインを飲ませたのだ。二人はレズというわけではないが、女同士のキスというのは本当にエロチックだった。俊介はゴクリと唾を飲み込みながら、二人の口元に目を釘付けにしていた。

「むううう……」

女性の舌と舌が絡み合っている。冴子の口の中に流し込まれたワインには京香の唾液も加えられているのだ。俊介も是非、美人キャスターの甘ったるい唾液入りのワインを飲んでみたいと思った。

今、冴子の口の中では、熟成されたワインと、京香の唾液、そして冴子自身の唾液の三種類が混ざり合っているに違いなかった。

冴子はワインを飲み切れず、少し口からこぼしてしまった。こぼれたワインは彼女のあごを伝い、首筋を流れ落ち、めくられたテニスウエアに染み込んだ。その一部はバストにまで達してしまった。色白の肌と赤ワインのコントラストが妙になまめかしかった。

乳房の方までこぼれてしまったワインは、円やかなバストラインに沿って流れていったり、冴子の深い胸の谷間に入り込んだりしてしまった。乳首や乳輪までワインまみれになってしまう。

冴子と京香はしばらくの間、濃厚なキスを続け、お互いの唾液を交換していた。京香の舌はやがて流れ出したワインを追いかけるかのように冴子の唇を離れ、あごから首筋へと移動していった。

京香の舌が冴子のバストに到達する。

京香はFカップのバストラインを舌でなぞっていき、ワインまみれになった乳首にたどり着いた。

「はうあっ……」

京香は冴子の乳首を舐め始めた。今度はフェイスブラシではなく、尖りかけた冴子の乳首は蠢く舌の洗礼を受けているのだ。しかも、それは同性の舌だった。

京香は冴子の乳首を舌先でこね回し、乳首の先っちょを舐めこすり、飛び出した部分を口に含んで吸いまくった。冴子はただ喘ぎまくることしかできなかった。

女同士なので、どこをどう舐めたら気持ちいいか熟知しているのかもしれない。冴子はもう観念したかのように京香に身を任せていた。京香は冴子のバストに付着したワインを丹念に舐め取っていった。

京香は右側の乳首に吸いついていたが、左の乳房はそのままになっており、まるで俊介を誘うかのように悩ましげに揺れ動いていた。

乳房の誘いを断る理由は何もなかった。俊介は即座にあいている方の乳首に赤ん坊のように吸いついてしまった。

そこに付着しているワインは少し酸っぱくて渋みもあったが、俊介は我慢した。乳首のコリコリ感が卑猥だった。

冴子の乳房は母性的だったが、そこにはエロチックな魅力がいっぱい詰まっていた。俊介は冴子のバストを夢中で舐めまくり、思う存分吸いまくった。

「あくううっ、うううっ……」

ボリューム感のあるバストに頬ずりすると、柔らかさと弾力性が矛盾することなく伝わってきた。俊介は思わず顔全体を冴子のバストにこすりつけてしまった。

冴子も二つの乳房をいっぺんに舐められてしまい、たまらない様子だった。舐めているのが、片方は女、もう片方は男であり、また、一方は成熟した大人の女性、もう一方は高校生なので、舐め方の相違が快感となって乳首にダイレクトに響いてくるのだ。バストの揺れもいやらしさを増している。

「ワインを追加するわね」

京香はグラスに残っていたワインを冴子のバストに直接こぼした。赤紫色のワインがボディラインに沿って流れ落ちていった。

ワインの流れは低い方に低い方に向かって進んでいく。縦長のへその穴にワインが溜まっているが、京香と俊介の舌が目指しているのはへそではなかった。

まだスコートをはいているので、ワインの流れはそこで止まってしまった。だが、俊介たちはそこで止まらず、最終目的地であるスコートの中へと向かっていった。

冴子はテニスウエア姿だったが、アンスコまではいていなかった。スコートの中にはごく普通にパンティをはいていた。京香は冴子の足を持ち上げ、パンティを手早く脱がしてしまった。

「あはあっ、見ないで……」

しかし、俊介たちは冴子の訴えに耳を貸さず、スコートをめくり上げて、無防備になってしまったノーパンの下半身を覗き込んだ。

冴子のアンダーヘアは薄く、これでは生えていても生えていなくても同じではないかと思えるほどだ。

京香はもうフェイスブラシは使わず、さらけ出された冴子の下半身に顔を近づけていった。俊介も同じことをした。

一人だけでなく、二人の人間にヴァギナを見られてしまっているのだ。冴子の体の中にこみ上げてくる恥ずかしさは並大抵のものではなかった。

おまけに、片方は同性の視線であり、もう片方は十歳近く年下の高校生の男の子の好奇心に満ちた視線だった。

そして、襲いかかってくるのは視線だけではなかった。京香は冴子のヴァギナにさらに顔を近づけ、舐め始めてしまったのだ。濃厚なクンニの始まりだった。

「あはうっ、そんなとこ、舐めないでちょうだい……」

しかし、冴子のヴァギナは舐めて下さいと言わんばかりに、はみ出し気味になった花びらがヒクヒク蠢いている。

「俊介も冴子さんのオマ×コを舐めてあげなさいよ」

京香の「オマ×コ」という言葉に、俊介のペニスは一瞬のうちに反応してしまった。放送禁止用語が美人キャスターの口から飛び出してきたのだ。

とにかく、俊介も冴子のヴァギナに顔を接近させた。京香と一緒にヴァギナに舌をはりつかせる。まずは、クリトリスやワレメの外側の部分を舐めこすった。

「くふううっ……」

まだウォーミングアップ的な舐め方だったが、それでも冴子は十分感じてしまっているようだった。やはり、二人の人間にダブルでクンニされるというのは、かなりインパクトが強いようだ。

そのうちに、俊介も京香の舌づかいを手本にすることによって、上手な舐め方がわかってきた。

セックスは頭ではなく、体で覚えなければならないのだ。その点、今回は京香という教師がいるので、俊介も上達が早かった。

「あはああっ、助けて……」

今は俊介がクリトリスを、京香がヴァギナを舐めていた。俊介は冴子のクリトリスにトントントンと淫らなモールス信号を送ったり、クリトリスの包皮がふやけてしまうほどたっぷり唾液を塗りつけたりした。

俊介の唾液がクリトリスからワレメの方に流れ出し、ヴァギナをヌルヌルにしてしまう。京香は冴子のヴァギナを舐めるついでに、俊介の唾液も味わっていた。京香の舌は早くもワレメの内側に潜り込み、内部で無数に折り重なっているヒダ肉をかき乱している。

冴子のヴァギナ自体ももちろんいやらしかったが、それを舐める京香の舌の動きがまた淫靡だった。

「はううっ、はああっ……」

京香の舌と俊介の舌のダブル攻撃に耐えかね、冴子の腰は何度も浮き上がりそうになってしまった。上下だけでなく、左右にもはしたなく腰をくねらせてしまう。

俊介の舌がクリトリスからヴァギナに向かい、京香の舌と合流する頃には、冴子のヴァギナは完全な洪水状態になっていた。

冴子の愛液はもちろんのこと、京香の唾液や俊介の唾液までそこに加わっているのだ。そこにあるのは単なる愛液のぬめりだけではなかった。

京香と俊介は交互に冴子のヴァギナに舌を差し込んだ。あっという間に、卑猥なワレメがトロトロになってくる。俊介は秘穴に溜まっているとろみを舌ですくい取り、冴子の蜜の味を楽しんだ。

するとすぐ近くでクンニをしていた京香の舌と俊介の舌が接触してしまった。そのまま二人の舌は冴子のヴァギナのすぐそばで絡み合ってしまい、ディープキスに突入してしまう。

ついさっきまで冴子のヴァギナを舐めていたのに、もう今は京香と舌を絡め合わせているのだ。

京香の唇や舌も既に冴子の愛液にまみれていた。そのため、ディープキスによって、俊介が京香から飲まされたのは、京香自身の唾液だけでなく、冴子の愛液も混ざっていたに違いない。俊介だって、クンニの途中だったから、口のまわりには冴子の愛液が付着していた。

もう自分が味わっているのが京香の唾液なのか、冴子の愛液なのかわからなくなっていた。というか、二つがブレンドされたものも非常に美味しかった。

2

「ふううう っ……」

京香と存分にキスをかわし、冴子のヴァギナをさんざん舐め尽くしてから、俊介はようやく体を起こした。

冴子は何度か軽いアクメに達してしまったようで、クッションに寄りかかりながら全身を弛緩させている。

だが、京香は引き続き、冴子を責めるつもりのようだった。真面目な先輩を乱れさせるのを楽しんでいるのかもしれない。

「実は、冴子さん、寝室で面白いものを見つけたの。これなんだけど」

それは白いタオルにくるまれていた。タオルを広げると、中から黒っぽいものが転がり出してきた。

「うわっ、バイブだ……」

俊介は思わずそう叫んでしまった。床に転がったのはバイブレーターだった。太さはミドルサイズといったところだろうか。一本ではなく、ほぼ同じ種類のものが二本。色は両方とも黒だった。

「冴子さんの現在の恋人はこれなのかしら。でも、真面目な冴子さんがこんなものを隠し持っていたなんて意外ね」

冴子だって大人の女性だから、セックスしたいときもあるだろう。だが、今は特定の恋人もいないという話だし、彼女は出会い系サイトを利用できるような性格ではなかった。そうなると、欲求不満を解消するためには、こういう大人のオモチャを利用せざるをえなくなる。

だが、普段の真面目な冴子とバイブオナニーという行為の間には大きなギャップがあった。有能な弁護士である冴子がバイブを使ってオナニーしているとは誰も思わないだろうが、だからこそ、その淫らなオナニー姿を想像してみると、それだけで非常に興奮してしまうのだ。

冴子はこれを通販で買ったのだろうか。まさか自分でアダルトショップまで行って買ったわけではあるまい。

二本あるうちの一本は几帳面な冴子のことだから、一本が故障したときの予備なのかもしれなかった。

どちらにせよ、京香は冴子がバイブを使っていることを見抜き、それを探し出したわけだ。女の勘だろうか。あるいは、京香自身も同じようなバイブを所持し、愛用しているのかもしれなかった。

「ほら、俊介、見てごらんなさい。冴子さんはいつもこれをオマ×コに入れたり出したりしているのよ」

バイブオナニーのことを暴露され、冴子は恥ずかしさに打ちのめされていた。

京香はまだしも、俊介に知られてしまったのは特に恥ずかしいようだった。

「だけど、冴子さん、バイブの使い方にもいろいろあって、一人だけで使っていたらもったいないわ。今日はほかの使い方も教えてあげるわね」

京香は床に落ちていたバイブを拾い上げた。

「ちょうど二本あるから、俊介、一本ずつ使いましょう」

京香が二本のうちの一本を俊介に渡した。バイブの中にはコントローラーが別になっていて、本体とケーブルでつながっているものもあるが、冴子が愛用しているのは本体の根元にスイッチがついたコードレスのタイプだった。

「まずは、オッパイからよ」

スイッチを入れると、バイブが小刻みに振動し始めた。このバイブはくねり運動をさせることもできるようだったが、今はまだ振動だけにしておいた。卑猥な振動音が部屋に響き渡る。

京香は冴子のバストにバイブを近づけていった。とりあえず、敏感な乳首を避け、バストのほかの部分に振動するバイブを押し当てる。すると、柔らかなバストははしたなく震えまくってしまった。

「あううっ、オッパイ、痺れちゃう……」

バイブはヴァギナに入れるのが基本だが、こういう使い方もあるようだ。俊介も早速、真似してみることにした。

俊介はバイブを構え、もう片方の乳房に狙いを定めた。柔らかな乳房にバイブを強く埋め込むような感じで押しつける。

バイブの振動がバストに伝わり、震えが乳房全体に波のように広がっていった。しっかり持っていないと、バイブが弾き返されそうになってしまう。それだけ冴子のバストには弾力性があるのだ。

「冴子さんのオッパイ、プルプルしていていやらしいわ」

続けて、京香と俊介が同時に冴子の左右の乳房に振動するバイブを接触させた。そうすると、バイブによって引き起こされたバストの震えはちょうど胸の谷間の部分でぶつかり合った。振動の一部がそこで打ち消されてしまう。

どちらにせよ、バイブの振動によって、冴子のバストがはしたなく打ち震える様子は非常になまめかしかった。巨乳なので震え方もダイナミックであり、その分、なまめかしさも大きくなっている。

バイブの方がフェイスブラシよりも刺激が強いので、冴子自身もさらに淫らな反応を示していた。

試しに、俊介は冴子の胸の谷間にバイブを挟んでみた。バイブの振動は両方の乳房に伝わり、どちらも激しく揺れまくってしまった。

「ああんっ、俊介君、やめて、オッパイ、震えちゃう……」

冴子が切なげな声をあげた。俊介は昨日、彼女にパイズリされたときのことを思い出してしまった。冴子は今、ペニスではなく、バイブをパイズリしているのだ。

「冴子さんたら、そろそろ乳首を可愛がってほしいんじゃないかしら」

バイブを離し、一旦、バストの震えが収まったところで、京香は改めて尖り出した冴子の乳首にバイブの先端を接触させた。激しい振動が敏感な乳首に襲いかかる。

「はうふっ！」

冴子の喘ぎ声が大きくなり、彼女は体をビクッとさせた。フェイスブラシで責められ、京香と俊介の二人に吸われ、既に非常に過敏になっている乳首にバイブの激震が襲いかかったのだからたまらなかった。

京香はいろいろな角度から冴子の乳首を弄んだ。単に先端をつつくだけでなく、飛び出した乳首を乳輪に押し込むようにしたり、乳首をグリグリとこね回したり、振動するバイブで乳首を軽く叩いたりした。

特に、乳首を乳輪に押し込むようにすると、バイブの振動が乳房の内部から広がっていき、冴子はその気持ちよさに負けそうになってしまうようだった。

「ううううっ……」

冴子の喘ぎ声も淫らな響きに満ちていた。それがバイブの振動音と組み合わさって、卑猥なハーモニーを奏でている。

俊介も冴子の悶える姿に見とれてばかりはいられなかった。バイブ遊びに参加しなければならない。彼の攻撃目標はもう片方の乳首だった。

「あうあうあうっ……」

両方の乳首をバイブで責められてしまったら、もう冴子は喘ぎまくるしかないようだった。彼女のバストは右側も左側も痺れっぱなし震えっぱなしで、冴子自身、どうにかなってしまいそうな乱れ方だ。

それにしても、冴子の白い乳房と黒いバイブのコントラストは見事だった。今は二つのバイブが押しつけられており、何ともエロチックな光景が作り出されている。

成熟したバストを存分に責めたところで、二本のバイブは次なる攻撃目標である女弁護士の下半身に向かったのだった。

今度は焦らすことはせず、京香が握り締めたバイブは冴子のクリトリスを直撃した。それだけで冴子の腰は何度か跳ね上がってしまった。

冴子のクリトリスは黒いバイブで包皮ごと完全に押し潰されていた。激しい振動がクリトリスに絶え間なく揺さぶりをかけている。

続いて、バイブは濡れそぼったヴァギナをとらえた。たちまちのうちに、バイブの表面が愛液まみれになってしまう。

そんなことはありえないと思うが、あまりの濡れ具合に、電動バイブがショートしてしまわないか心配になるほどだ。

女弁護士の愛液で濡れ光る黒いバイブと、真っ赤に充血したヴァギナが、いやらしさを競い合っている。

「あくううっ、くうううっ……」

まだ秘穴にバイブは挿入されていなかった。花びらを震わせ、絡みついた愛液をヴァギナのあらゆる部分に塗り広げている。

「俊介はクリトリス担当よ」

クンニのときと同じように、冴子と俊介は攻撃目標を分担した。俊介は恥丘の方から手を伸ばして、冴子のクリトリスにバイブをあてがった。

「はうはうはうはうっ……」

冴子はクリトリスとヴァギナの二点責めにメロメロになっていた。たった二本だが、何だかバイブがヴァギナに群がっているように見えた。

そのまま、俊介のバイブもヴァギナの方に合流した。左右の花びらをそれぞれのバイブで震わせたり、濡れたヴァギナにバイブをすべらせたりしてみた。

時々、振動するバイブ同士がぶつかり合ってしまった。すると、二本のバイブの振動音が奇妙に重なり合ってしまう。冴子のヴァギナは微妙に異なる二種類の振動に翻弄されていた。

「いよいよ挿入するわよ」

バイブのうちの一本が秘穴の入口にあてがわれた。京香はそれを穴の中にゆっくりと押し込んでいった。バイブは実にスムーズに秘穴に埋没していく。

「あああぁっ……」

大人のオモチャであるバイブにも本物の生のペニスにもそれぞれよさがあると思うが、バイブの特徴は何と言っても機械的に振動しているということだった。電池が切れない限り、振動はいつまでも続く。バイブをヴァギナに挿入すると、冴子の下半身は内側から揺さぶられてしまった。

強力なヴァギナの締めつけと過激なバイブの振動が戦っていた。音が小さくなったので、バイブの振動が少し弱まったのかと思ったが、実際にはそうではなく、穴の中に入ってしまったため、振動音が聞こえにくくなっただけのようだった。

バイブはズブズブとかなり奥まで入ってしまった。もしかすると、先端部分が子宮の入口に届いているかもしれない。冴子は子宮まで揺さぶられ、快感の爆発が下半身全体に広がっていった。

「ううっ、うううっ……」

バイブは根元の方まで全部入り切ってしまいそうな勢いだった。成熟した大人の女性の穴ぼこはそれだけ貪欲なのだ。

バイブを突き立てられ、ヴァギナの外側の部分は凄いことになっていた。バイブの振動で卑猥にはみ出した花びらがしつこく震え続けている。真っ赤なヴァギナが黒いバイブをしっかりとくわえ込んでおり、あれなら立って歩き回ってもバイブが落ちないのではないかと思われた。

ヴァギナから黒いバイブがニョキッと生えているように見えること自体、かなり卑猥だった。愛液が周囲に飛び散り、新鮮な蜜で満たされた秘穴をバイブが自動的にかき回している。

「ねえ、俊介、こっちは私に任せて、あなたは冴子さんにオチ×チンをしゃぶってもらいなさいよ」

「えっ、いいんですか……」

どちらにせよ、俊介は冴子をバイブで責めるのに飽きたわけではないが、硬くなったペニスを早くどうにかしないと頭がおかしくなりそうな状態だった。タクシーの中でペニスを弄ばれ、そのあと、冴子の痴態を見せつけられてしまったので、彼のものはいつも以上に硬くなっていた。

俊介はバイブを京香に返し、体を起こした。京香はバイブの二刀流で冴子のヴァギナを責め立てている。

俊介は勃起したペニスを引っ張り出しながら、反り返ったものを冴子の口元に近づけていった。

しかし、バイブ責めで悶えまくってしまっている冴子は、目の前にペニスがあることさえ気づかないようだった。

仕方ないので、冴子が喘ぎ声をあげるために口を大きく開けたときに、俊介はいきり立ったペニスをそこに突っ込んでしまった。

「うぐうっ……」

冴子は本能的に口の中に入ってきたペニスをしゃぶり始めた。頬張りながら舌を巻きつかせ、唾液をたっぷりと絡めている。

「貪欲な冴子さんのオマ×コの締めつけに、バイブの振動が負けてしまいそうだわ。ここで新しい技を繰り出す必要があるわね」

京香はバイブの根元についているもう一つのボタンをスイッチオンにした。その途端、冴子のヴァギナの中でバイブが大きくくねり始めた。秘穴の入口から突き出した部分が芋虫のように動き回っている。

「むぐぐぐぐっ……」

冴子は喘ぎ声をあげようとしたが、俊介のペニスで口をふさがれているので、声を出すことができなかった。苦しそうにうめくだけで精一杯だった。

しかし、そんなふうにペニスをしゃぶったままうめき声をあげられると、俊介のペニスにも不思議な快感が伝わってきた。うめき声をあげるのに喉を震わせているのが亀頭の先端でも感じ取れそうだった。

新たにくねり運動が加わったバイブは冴子のヴァギナを拡張し、荒々しく掘削していた。外側からは芋虫の動きのようなものしか見えないが、それは氷山の一角にすぎず、ヴァギナの中はグジュグジュに掘り返されているのだ。

「うぐっ、ぐぐぐっ……」

しかし、そこには一つ問題があった。バイブの快感に翻弄されてしまい、どうしても冴子のおしゃぶりがおろそかになっていたのだ。

まあ、俊介としては、冴子の口の中にペニスを突っ込んでいるだけでも気持ちよかったが、彼の下半身はもっと大きな快感を求めていた。

そこで、俊介は無意識のうちに腰を動かし、冴子の口の中にペニスを出し入れさせてしまった。それは今までのような受け身のフェラチオではなく、冴子におしゃぶりを強制しているような感じだった。

受け身のフェラチオも気持ちいいが、こうして自分で腰を動かしていると、もっと違った興奮を楽しむことができた。それはフェラチオというより、冴子の口を使ってセックスしているようなものだった。

冴子の唇がカリ首に引っかかり、めくれ返っている。ときどき挿入角度を間違え、ペニスが横に曲がってしまい、彼女の頬の内側にぶつかってしまった。冴子の頬が亀頭の形に膨らむのを確認することができた。

「むぐっ、むぐっ、むぐっ……」

「俊介が腰を使い始めたわね。こっちも同じような動きで責めてあげるわ」

そう言うと、京香は振動するバイブを冴子のヴァギナに出し入れし始めた。バイブがまさにペニスと同じようなピストン運動を開始したのだ。

バイブの場合はそれだけではなかった。振動、くねり運動、ピストン運動の三つの動きが合体している。そんなものでヴァギナを責め立てられたら、誰だってバイブの虜になってしまうだろう。

京香はそのように冴子のヴァギナを徹底的に責め倒しながら、同時にもう一本のバイブで再び乳首を刺激していた。

冴子はペニスで上の口を、バイブで乳首と下の口を弄ばれ、彼女の体の中では異常な快感が渦巻いている。真面目な弁護士がこんなに乱れてしまっていいのかという感じだった。

「やだわ、冴子さん、オマ×コのお汁がこんなに濃厚になってきたじゃないの」

俊介も冴子のヴァギナの方に目を向けてみると、そこに出し入れされているバイブに絡みつく愛液が確かに変化していた。ネバネバまではいかないが、もう単なるヌルヌルではなくなっており、納豆のように糸を引いてしまっている。

俊介も初めて知ったのだが、女性の愛液は本気で感じてくるとより濃厚になるらしい。最初の方の愛液と最後のアクメ寸前の愛液を比べてみると、男性の先走り液と精液くらいの差があるような気がした。

冴子のヴァギナから発せられるグチュッグチュッという音も大きくなっていた。それだけ愛液が粘っているのだ。

俊介の腰の動きが速くなり、京香も冴子のヴァギナの中に猛スピードでバイブを出し入れし始め、冴子も狂ったように悶えまくっている。

「うぐうっ、うぐぐっ！」

「うっ、出る！」

冴子がバイブでアクメに達したのが先だったのか、俊介が口内発射したのが先だったのか、それとも、その二つはほぼ同時に起こったのか、そのへんはよくわからなかった。

とにかく、冴子は体を大きくのけぞらせながら昇り詰め、俊介は彼女の口の中にザーメンをぶちまけてしまった。

冴子は俊介に口内発射され、一瞬むせそうになったが、何とか咳き込まずに済んだ。だが、俊介のザーメンは濃厚で量が多いので、冴子も飲み切れず、少し口からこぼしてしまった。

「もったいないわね」

京香はそう言うと、冴子のバストのあたりに垂れた俊介のザーメンを舐め取り始めた。ときどき舌先で冴子の乳首に悪戯しながら、さらに下の方に滴り落ちそうになるザーメンを舐め取って味わっている。

京香の舌はそのまま冴子の上半身を舐め上がっていった。バストから離れ、冴子のあごについたザーメンまで舐め取ってしまう。

「俊介、こっちに来なさい」

彼が言われた通りにすると、京香はまだ精液が付着したままの俊介のペニスを舐め清めてくれた。亀頭に滴るザーメンを舌先ですくい取っていく。

すると、冴子も京香に対抗するかのように同じことを始めた。俊介のペニスを丁寧に舐め清めてくれているのだ。美人キャスターと美しい弁護士の両方に射精の後始末をしてもらえるなんて最高だった。

亀頭についた精液を舐め取っているときに、冴子の舌と京香の舌はレズっぽく絡み合ってしまった。二人がかりでザーメンを吸い取られてしまう。

何だかザーメンと一緒にエネルギーまで吸い取られてしまったようで、俊介はそのまま床に座り込んでしまった。

一方、冴子はバイブでアクメに達したにもかかわらず、疲れているようには見えなかった。むしろ、さっきよりも元気になっているようだった。俊介の新鮮なザーメンを飲んだからかもしれない。

男性はセックスをすると体力が消耗する。しかし、女性はその逆の場合もあるようだった。つまり、セックスをすればするほど元気になっていくのだ。

3

「あら、俊介、疲れた顔してどうしたの?」

「そこに横になった方がいいんじゃないかしら」

「飲み物でもあげましょうか」

「俊介君はまだ未成年だから、ワインは駄目よ」

俊介はさっきまで冴子が使っていたクッションに寄りかかった。京香がグラスに入ったオレンジジュースを持ってきてくれた。ところが、京香は自分でそのジュースを飲んでしまったのだ。

いや、完全に飲んでしまったわけではなかった。ジュースを口の中に含んだだけだ。そして、冴子にしたように、京香はそのまま俊介に顔を近づけてきて、唇を奪い、彼の口の中にジュースを流し込んでくれた。

「ううっ……」

「京香さん、それはずるいわ。俊介君の唇を独り占めじゃないの」

冴子はそう言うと、京香と俊介のディープキスに参加してきた。俊介の口の中に冴子の舌が差し込まれる。彼の口の中では、京香の唾液と彼女が飲ませてくれたジュース、冴子の唾液、そして自分自身の唾液が混ざり合っている。

ちょうど京香と俊介が冴子を責めたときとは立場が入れ替わっていた。今度は俊介が女性二人に責められているのだ。それは天国でもあり、地獄でもあった。いや、地獄ということはないが、これからどんなに淫らなことをされてしまうのかと思うと怖いほどだった。

しばらくの間、女性たちは俊介の唇を吸いまくっていた。3Pのキスだ。大人の女性の熟成された唾液がやり取りされる。それはどんな飲み物よりも美味しかった。何しろ二種類の美女の唾液の特製ブレンドなのだ。

それぞれの舌が絡み合い、こすれ合い、とろけ合っていた。もう誰が誰の舌を舐めているのかわからなくなってしまった。ただ夢中で舌を動かしているだけだった。

俊介は唇や舌だけでなく、顔全体も舐められてしまった。まぶたの上を舌が這い回り、鼻の頭をかじられ、耳の穴の中に舌が入り込み、頰に何度もキスされてしまう。当然のことながら、俊介の顔はあっという間に唾液まみれになってしまった。

冴子と京香は協力して俊介の服を脱がせ、裸にした。その後も、二人は彼の体を舐めまくった。

二人の舌は俊介の首筋を這いおりていった。冴子のセミロングの髪、京香の短めの髪、それぞれの髪の毛から違うシャンプーの香りを嗅ぎ取ることができた。

俊介の肌の上で二人の舌がぬめっていた。冴子が彼の体の右側から、京香が左側から添い寝してきて、俊介に抱きつき、彼の肌に唾液を塗りつけてくる。

このままいけば、俊介の体は二人の唾液の甘ったるい匂いに包まれてしまうに違いなかった。

ペロペロと舐めるだけでなく、唇をつけて乳首を吸われてしまう。二人の美女に同時に両方の乳首を吸われると、俊介は情けなく悶えてしまった。

また、京香はジュースを俊介の胸の上に垂らし、それを舐め取りながら、同時に彼の乳首をいたぶった。もちろん、もう片方の乳首にもジュースが垂らされ、冴子がそれを舐め取っていく。

俊介は服を脱がされ、素っ裸だったが、冴子と京香はテニスウエアを着ていた。テニスウエアを身につけた大人の女性に弄ばれるのは不思議な感じがした。

「さっき出したばかりなのに、もうあんなに大きくなっているわ」

「生意気ね」

二人が俊介の体に抱きつきながら下半身の方に目をやると、彼のペニスが元気にそそり立っているのが見えた。しかし、二人は勃起したペニスに触ろうとはしなかった。

俊介は両側から乳首を舐められてしまっていた。右側と左側、どちらの方が気持ちいいか、比べるのは難しかった。

俊介はどさくさに紛れて、彼女たちのバストに手を伸ばしてみた。冴子はノーブラなので、Ｆカップの巨乳をじかに触ることが可能だった。京香の方はテニスウエアをまくり上げてブラジャーのカップの中に手を入れ、どうにか乳首をいじくることができた。

「はあっ、俊介君て悪戯好きね……」

「はうっ、なかなか上手だわ……」

だが、本格的に触り始める前に、彼女たちの体が移動してしまい、手が届かなくなってしまった。現在、二人は俊介のへそのあたりにおり、彼の胸から腹、太ももくらいまでを指先で妖しく撫で回していた。

とうとう冴子と京香は俊介の下半身に到達したが、二人は彼の足のところまで下がってしまった。そんなところで何をするのかと思っていると、二人は俊介の足の指を舐め始めたのだ。

彼女たちは足の指を一本ずつくわえ、軽く吸ってくれた。足の指と指の間に舌を差し込み、舐めこすってくれる。美しい二人に汚い足の指を舐められたりすると、俊介は申し訳ないような気持ちになってしまった。

それほど刺激は強くなかったが、足の指を舐められるのは気持ちがよかった。とにかく彼女たちは俊介の体をすべて舐め尽くすつもりのようだった。

ようやく二人の舌は膝小僧までやってきた。彼女たちは俊介のそれぞれの足をまたぐようにして、彼の下半身をいじめやすい位置に移動した。

膝小僧から太ももへと舌が這い上がってくる。勃起したペニスはもうすぐそこだった。二人の舌が近づいてくるにつれ、俊介のペニスはもどかしそうに暴れ回ってしまった。

ついに、冴子と京香が彼のペニスを舐め始めた。張り詰めた亀頭を二人の舌で舐めまくられてしまう。唾液がたっぷり分泌されており、亀頭に唾液を塗りつけられるというより、亀頭が大量の唾液に包み込まれてしまうという感じだった。

亀頭のあらゆる部分を舐めまくられてしまった。尿道口、亀頭の表面、カリ首の溝、二人の舌が別々のところを舐めるので、油断していると、すぐにギブアップしてしまいそうだった。

それから、サオの側面を両側から舐められてしまった。二人の舌が両側から反り返ったサオを挟むような感じで責めてくる。二人の美女が両側からペニスに顔を寄せている様子は非常に妖しかった。

当然のことながら、玉袋も舐めまくられ、袋がふやけそうになってしまった。睾丸は二つあるので、喧嘩にはならず、仲良く舐めしゃぶっている。

「ふぐぐっ……」

「うぐうぐっ……」

右側と左側で舐め方が違うので、俊介は何だか自分の玉袋が真ん中で分裂してしまっているような気がした。

続いて、冴子たちは亀頭、サオ、玉袋、それぞれに分かれて、舐めようとした。例えば、冴子が亀頭、京香がサオを舐め、玉袋は二人の手で揉みほぐされるという形だ。どの部分も刺激を受けないところはなく、サオと玉袋を舐められているときには、亀頭を手で撫で回され、亀頭と玉袋を舐められているときには、サオをしごかれてしまった。

グラスにはまだジュースが残っていた。ペニスにもジュースが垂らされ、舐め取られていった。ジュースは冷たかったが、彼女たちの舌には温もりとぬめりがあり、その温度差が気持ちよかった。

ジュースはすぐに舐め取られ、再び唾液まみれになってしまう。俊介のペニスは彼女たちの甘ったるい唾液にとろけそうになりながらも、実際には、若々しい硬さを保ち続けていた。

「ふふっ、オチ×チンを頬張るとき、ジュースを口に含むと気持ちいいはずよ」

京香がそんなことを言い、実際に、一口、ジュースを口に含んだ。それから、そのままジュースを飲み込まずに、硬直した俊介のペニスをパクッとくわえてしまった。

「あっ……」

京香の口の中に溜まっているジュースが張り詰めた亀頭を包み込み、俊介は思わず声をあげてしまった。

そのジュースには少し京香の唾液も混じっている。俊介のペニスはジュースと唾液の海を遊泳していた。

京香の舌が動き回り、口の中のジュースがかき混ぜられると、新たな快感が襲いかかってきた。同じフェラチオでもそれは全く別物だった。冴子は京香が俊介のペニスを頬張る様子をじっと見つめている。

最も強い快感が襲ってきたのは、京香が俊介のペニスをしゃぶったまま、口の中のジュースを飲んだときだった。強烈な吸引に翻弄され、またもやギブアップしそうになってしまう。

京香はゴクッゴクッと喉を鳴らしながら、ジュースを全部飲んでしまった。俊介はペニスだけでなく、魂まで吸い取られてしまうのではないかと思った。ジュースを飲むとき、彼女の口の中の筋肉や舌がどのように動くか感じ取ることができた。

口の中のジュースを飲み終わると、京香はジュースまみれのペニスを吐き出し、きれいに舐め清めてくれた。

「私にもやらせて」

ひと息つく暇もなく、俊介のペニスは冴子の口の中にくわえ込まれてしまった。もちろん、彼女の口の中にもジュースが溜まっている。

一度経験したくらいではこの快感に慣れることはなく、俊介のペニスはこのジュースフェラに翻弄されっぱなしだった。

「そうだわ、大事なところを責めるのを忘れていたわ」

まだまだ試練は続いていた。

「あの部分を責めるには、俊介にも協力してもらわないといけないわね」

協力も何も、俊介は二人の女性のなすがままだった。京香は床の上に正座して、膝の上に俊介の腰をのせた。どこかで見たような格好だった。

京香が俊介の足を曲げさせると、恥ずかしいマングリ返しのポーズが完成してしまった。

マングリ返しというのは女性がされるものだとばかり思っていたが、今はその恥ずかしいポーズを俊介自身がやらされているのだ。

「京香さん、何をするんですか……」

「ここをいじめるに決まっているじゃないの」

マングリ返しによってあらわになるのはアヌスだった。京香は俊介のアヌスを責めやすいようにこんな格好をさせているのだ。

「本当だわ。俊介君のお尻の穴、丸見えね」

冴子の視線がむき出しのアヌスに突き刺さってくる。俊介はあまりの恥ずかしさに、アヌスを責められる前から肛門をヒクヒクさせてしまった。

俊介は京香と初めてセックスをしたとき、偶然、彼女にマングリ返しの格好をさせた。京香はそのときの復讐をしようとしているのだろうか。

「俊介のお尻の穴なら汚くはないけど、ちょっと味つけしておいた方がいいかもしれないわね」

京香はそう言うと、俊介のアヌスにジュースをかけた。ヒヤッとしてアヌスが一瞬すぼまってしまう。

ジュースをかけたからというわけではないだろうが、京香は何の抵抗もなく、俊介のアヌスを舐め始めた。

「くううっ……」

「そんな女の子みたいな声が出てしまうなんて、よほど、気持ちいいのかしら」

冴子が興味深そうに京香のアナル舐めを眺めていた。女性にアヌスを責められると、恥ずかしさと気持ちよさが同時にこみ上げてくるのだ。

俊介は以前、車の中で化粧用のブラシを使って京香にアヌスを責められた。しかし、アナル舐めの快感と恥辱感はそれとは全く次元が違っていた。

舌先でアヌス皺をなぞられ、唾液のぬめりが塗りつけられてしまう。そのぬめりがゾクゾクするような快感につながっていた。

アヌスの快感はすぐにペニスにも伝わってきた。京香がアヌス皺を舐めこすると、その舌の動きに合わせて、俊介のペニスも暴れ回るのだ。

アナル舐めの快感は複雑だった。快感や恥辱感に加え、舐めてくれている京香に対して申し訳ないような気持ちもあった。その気持ちは足の指を舐められたときよりも強かった。何しろアヌスは排泄器官なのだ。

「京香さん、そんな……」

続いて、京香は俊介のアヌスに舌を押し込んできた。舌で押され、アヌス皺が陥没してしまう。

実際にはそんなに奥まで舌が入り込んでいるわけではないが、俊介は肛門の内側まで舐め回されているような快感に襲われてしまった。ジュースと京香の唾液がアヌスに染み込んでくる。

グッと舌を肛門に押しつけられると、そのまま勃起したペニスがビーンと伸びてしまうような気がした。

舌先でアヌスをグリグリとこね回されると、ペニスの根元の部分を内側から舐められているような感じになり、俊介はそれだけで頭の中が真っ白になりそうだった。

「おおっ、許して下さい……」

しかし、京香が許してくれるはずがなかった。彼女は舌をはためかせるようにして、アヌスをペロッペロッと舐め始めた。ちょっとアヌス皺がめくれてしまう。

そんなことをされると肛門が開いてしまい、アヌス皺に塗りつけられた唾液が中まで流れ込んできそうだった。あの妖しいぬめりで責められたら、ペニスの暴発は避けられないに違いない。

「俊介君のオチ×チン、また大きくなってきたわ。これ以上大きくなったら、破裂しちゃうんじゃないかしら」

「破裂してもいいから、冴子さん、俊介のオチ×チンをしごいてあげなさいよ」

京香にそう言われ、冴子は俊介のペニスに手を伸ばしてきた。反り返っているペニスをしごかれてしまう。

と、京香の攻撃方法が変わった。アヌスを舐めるのではなく、唇を押しつけ、肛門に吸引を加え始めたのだ。

京香は俊介のアヌスにキスをしていた。アヌス皺が吸い取られ、引き伸ばされそうになってしまう。

中身が出てしまうことはないだろうが、そんなに強く吸われると、アヌスがどうにかなってしまいそうだった。

冴子は相変わらずペニスをしごき続けている。アヌスを吸われ、同時にペニスをしごかれる快感はあまりに強烈すぎた。

俊介がマングリ返しのまま射精せずに済んだのは、あまりに強烈な快感に打ちのめされてしまったせいかもしれない。

俊介は快感が強烈すぎると、逆に射精できなくなってしまうということをそのとき初めて知ったのだった。

快感のことで頭がいっぱいになっているにもかかわらず、それがどういうわけか実際の射精に結びつかずに、射精のことを一瞬忘れてしまうのだ。

京香のアナル責めが終わる頃には、俊介のアヌスは疼きまくり、腰がフラフラになっていたが、まだペニスは硬いままだった。

「俊介、よく頑張ったわ。ご褒美をあげるから、あとは好きにしていいわ」

京香はそう言うと、パンティを脱ぎ始めた。

「冴子さんはそこに仰向けになって」

冴子は京香の言葉に従った。仰向けになって少し足を広げると、短いスカートがめくれてしまう。彼女は既にノーパンだった。

すると、京香が四つん這いになり、仰向けになっている冴子の上に体を重ねた。正常位でセックスをするときのような体勢だった。女同士でそんなふうに抱き合っているのだ。

京香も俊介を挑発するかのようにスコートをめくり上げてしまったので、下半身が丸見えになっていた。

「こうすれば、二人いっぺんに責められるでしょ」

京香の言う通りだった。ノーパンのヴァギナが目の前に二つあった。ワレメが上下にきちんと並んでいる。

彼女たちの成熟したボディを自由にしていいというのだ。だが、いきなりそう言われても、どうしたらいいのかよくわからなかった。

冴子のちょっと肉感的な下半身と、京香の引き締まった下半身。ヴァギナはどちらも少し開き気味になっているが、花びらのはみ出し具合は上品だった。しかし、ワレメの奥には成熟した大人の女性の淫らな本性が隠されていた。

両方ともヴァギナは十分に濡れそぼち、いつでも受け入れ準備ＯＫのようだった。京香も冴子や俊介を弄びながら、ヴァギナを濡らしてしまったらしい。

俊介は二人のヴァギナにペニスを挿入する前に、どうしてもやっておきたいことがあった。だが、それをやるには、上になっている京香はまだしも、下になっている冴子の方は少々責めにくかった。

「何をグズグズしているの。こうした方がいいのかしら」

京香は俊介が何をしたいと思っているか、ちゃんとわかってくれているようだった。その証拠に、京香は太ももで冴子の足を開かせてしっかり押さえつけ、冴子の腰がちょっと浮くような感じにしてくれたのだ。女同士なので、実際に結合してはいないが、屈曲位に近い体勢だった。

そうすると、冴子のヴァギナだけでなく、アヌスまであらわになってしまった。上から順に、京香のアヌスとヴァギナ、冴子のヴァギナとアヌス、四つの穴がお行儀よく並んでいる。

俊介はまず、冴子の下半身に顔を近づけていった。冴子の濡れそぼったヴァギナに舌を潜り込ませ、愛液を舌ですくい取る。

それから、愛液まみれになった舌を冴子のアヌスに押しつけた。愛液を塗りつけるようにして、女弁護士のアヌスを舐めこすった。

俊介がやりたかったのはただのクンニではなく、彼女たちのアヌスを舐めることだったのだ。

「あうふううっ……」

冴子は甘い溜め息をつきながら腰をはしたなく振り乱した。俊介は自分もついさっき京香にアヌスを責められたので、どのように舐めたら気持ちいいかそれなりにわかっていた。

冴子の肛門に舌を押し込み、丹念に内側を舐め回す。一生懸命、舌を動かすと、女弁護士の端正なアヌスが卑猥にひしゃげてしまった。さらに、俊介はアヌス皺の縁をめくり返すように舐めほぐした。

「はうふうっ、俊介君、お尻の穴、おかしくなる……」

俊介が冴子のアヌスを舐めまくっている間、京香がおとなしく待っているはずがなかった。京香は冴子と抱き合っていたが、下になった冴子のバストをレズっぽく舐め始めた。

「くううっ、京香さん、オッパイ、ダメ……」

舌をダイナミックに動かして、Fカップの巨乳を舐め回し、乳輪や乳首を徹底的に舌で摩擦する。京香は冴子のバストに顔をうずめながら、尖りかけた乳首にしつこく吸いついていた。

俊介も女弁護士のアヌスに新たな攻撃を開始した。肛門を吸引攻撃で責めてみたのだ。まずは、チュッチュッと短く何度もキスをし、そのあとに比較的長い吸引を加えてみた。

冴子の腰は躍動的な反応を示していた。普段は有能な女弁護士がアヌスを吸われて悶えまくっているのだ。

アヌスの吸引は冴子にとっても強烈な快感だったようで、全く触っていないのに、ヴァギナから愛液が溢れ出し、俊介が舐めているアヌスのまわりを糸を引きながら垂れ落ちて、絨毯の上に大きな染みを作ってしまった。まるでオモラシしたみたいだった。

もちろん、京香の乳首舐めも続いていた。冴子のバストは恥ずかしげもなく揺れまくっている。

最後は仕上げという感じで、アヌスだけでなく、ヒップや太ももの内側にも舌を伸ばした。冴子の下半身を唾液まみれにしてあげるのだ。

舐める範囲をさらに拡大する。クリトリス、ヴァギナ、アヌス、ヒップ、俊介は冴子の下半身のありとあらゆる部分を舐めまくってしまった。

「俊介、こっちもお願い……」

ちょっと冴子に時間をかけすぎてしまったので、京香がそんなふうにおねだりしてきた。当然のことながら、京香の下半身も舐めてあげるつもりだった。

美人キャスターはどこを舐めてもよがりまくった。京香が俊介のアヌスをいじめたり舐めたりしたのは、自分も同じことをしてほしかったからではないかと思われた。つまり、俊介に手本を示し、舐め方を教えてくれたのだ。

京香はアヌスの気持ちよさをよく知っているのか、冴子よりもさらに感度がよかった。アヌス自体も俊介の舌の動きに敏感に反応し、すぼまったり弛緩したり、蠢いたり打ち震えたりしている。

「ああぁんっ、俊介、もっと舐めて、もっと……」

こんなふうに成熟した大人の女性のヴァギナやアヌスを舐めることができて、俊介はとても幸せだった。

真剣に舐めることによって、彼女たちがはしたない反応を示し、気持ちよくなってくれるのがいいのかもしれない。そうすると、俊介自身も興奮してしまうのだ。

目の前に乱れ切った四つの穴が並んでいる光景も圧巻だった。二つのヴァギナに二つのアヌス、どれも彼女たち自身の愛液と俊介の唾液にまみれていた。

まだまだ舐め足りない気もしたが、いきり立ったペニスが文句を言い始めていた。俊介は女性のヴァギナを舐めるのも好きだが、そこに硬くなったペニスを挿入するのはもっと好きだった。

「さあ、見ていてあげるから、二人で好きなだけハメまくりなさいな」

京香がそんなことを言い出し、戦線を離脱した。しかし、彼女がそんな気前のいいことを本心で言うはずがなく、何か魂胆があるのではないかと思われた。

「冴子さんが上、俊介が下ね」

京香の真意がわからないまま、俊介は仰向けになった。冴子も特に反対せず、彼の上にまたがる。

「入れるのは私にやらせて」

あとはペニスをヴァギナにあてがい、冴子が腰をおろせば合体は完了だったが、京香がそんなふうに口を挟んできたので、彼女に任せることにした。

京香は早速、俊介のペニスをつかんだ。しかし、すぐにはそれを冴子のヴァギナに挿入せず、それぞれの性器を間近で眺めていた。

「こんなふうに近くで見ていると、また悪戯したくなっちゃったわ」

京香は冴子の下半身も俊介の下半身もさんざん悪戯したはずなのに、まだやるつもりらしい。結局、京香は主導権をこちらに譲る気はないのだ。

仰向けになっている俊介からは見えなかったが、京香は冴子のアヌスを舐め始めたようだった。冴子が俊介の上で巨乳を揺らしながら四つん這いのまま悶えている。

「あはあんっ、京香さん、アソコとお尻の穴と、どっちも舌でかき回したらイヤだわ……」

京香の舌はアヌスからそのまま下に移動し、会陰部を通過してヴァギナにたどり着いたようだった。冴子の二つのパーツをじっくり舐めている。

だが、京香の舌の移動はそこで終わらず、冴子のヴァギナのすぐ下にある俊介のペニスにまでくだってきた。冴子のヴァギナを舐めたその舌で張り詰めた亀頭を舐め回されてしまう。

つまり、京香はクンニとフェラチオを連続して行なっているのだ。いや、正確にはそれにアナル舐めも加わっていた。

京香の舌はさらに下降し、亀頭からサオ、玉袋を通りすぎて、その下に隠れている俊介のアヌスまで舐めようとする。アヌスを舐めるのはちょっと位置的に難しかったが、そのかわり、玉袋をしゃぶり尽くされてしまった。

それで終わりではなく、京香の舌は再び舐め上がっていった。俊介のペニスから冴子のヴァギナに移動する。

さらに冴子のアヌスまで到達すると、また折り返し、京香は俊介の下半身と冴子の下半身の間を舌で何往復もした。

「じゃあ、冴子さんのオマ×コに俊介のオチ×チンをハメるわね」

一人の女性とセックスをするのに、もう一人の女性の手を借りるというのは不思議な気分だった。京香は俊介のペニスを握り締め、亀頭をワレメに馴染ませるようにして冴子の秘穴に導いた。

「はあああっ……」

「つながったところをこんなに近くで見ていると、まるで自分がセックスをしているような気分になっちゃうわね」

高校生のペニスを受け入れている自分のヴァギナを後輩に見られてしまうのは、

冴子としても恥ずかしいようだった。俊介も結合部に京香の視線を感じ、大いに興奮してしまった。

京香は冴子のヴァギナに俊介のペニスが挿入されているのを目の当たりにし、ちょっかいを出さずにはいられないようだった。

早速、冴子のアヌスや俊介の玉袋、そして二人の結合部に舌を伸ばしたり、それらを指でいじくり回したりしている。

「はうくううっ……」

結合中にそんなことをされると、異常な快感がこみ上げてきた。京香に玉袋を刺激され、俊介のペニスは冴子の秘穴の中でさらに膨張してしまい、冴子もヴァギナでその変化を感じ取っているようだった。

反対に、京香が冴子のアヌスにタッチすると、その刺激がヴァギナにも伝わり、冴子の秘穴はペニスをくわえ込んだまま肉ヒダを激しく蠢かせた。

俊介の目の前では、冴子のFカップのバストが大きく揺れていた。巨乳を鑑賞するには騎乗位は最適な体位なのだ。

俊介は冴子のバストに本能的にしゃぶりついてしまった。冴子も上体を傾け、彼の顔に柔らかな乳房を押しつけてくる。俊介はバストの重みで窒息しそうになりながらも、心地よい圧迫感を満喫した。

弾力性のあるバストが頬にぶつかり、俊介の顔は汗ばんだ胸の谷間に挟み込まれてしまった。時々、乳房の柔らかさに混じって、コリッとした乳首の存在を顔面や唇で感じ取ることができた。

「あうっ、あうっ、あうっ……」

ペニスの出し入れが速くなってくると、京香も二人の下半身に悪戯し続けるのはなかなか難しいようだった。

だが、冴子のアヌスを舌で舐めながら俊介の玉袋を手で揉んだりして、複合的に責めてくる。

そうすると、冴子のヴァギナが痙攣したように蠢いた。同時に俊介のペニスが秘穴の中で急激に膨張するので、冴子はその淫らな変化に勝てず、彼女の乱れ具合はさらに大きくなってしまった。

しかし、京香は冴子が感じまくっているにもかかわらず、セックスを中断させた。冴子はアクメに達することができず、俊介もまだ射精していなかった。

「俊介、今度は私たちの後ろから来なさい」

俊介が冴子の体の下から抜け出すと、京香は四つん這いになっている冴子の隣に行き、こちらに尻を向けて二人で仲良く並んだ。二つのヒップがこちらに向けられ、成熟したヴァギナとアヌスがむき出しになっている。京香のヴァギナはさっきよりも濡れているようだった。

バックでセックスをするのは初めてだった。この体位だと、相手が年上の女性であるにもかかわらず、まるで相手を征服しているような気分を味わうことができそうだった。

「あはあっ、俊介君の、硬いのが、また入ってくるわ……」

俊介は京香ではなく、引き続き、冴子のヴァギナにペニスを挿入してした。さっきは中途半端だったので、射精までいかなくても、ある程度は冴子とのセックスに区切りをつけておきたかったのだ。

冴子のヴァギナの内部では、秘肉が俊介のペニスを優しく包み込んでいた。でも、秘穴自体はよく締まっている。

俊介は冴子のヒップに腰をぶつけるようにしながらピストン運動を開始した。思い切り突入すると、肉感的なヒップに弾き返されてしまう。

少々、腰づかいにぎこちなさが残っていたが、ヒップの弾力性をうまく利用すれば、リズミカルな出し入れが可能だった。

「あううっ、あううっ、あううっ……」

俊介は懸命にピストン運動を繰り返しながら、冴子のバストに手を伸ばした。バックでのセックスなので、巨乳が揺れる様子はあまり見えなかったが、手を伸ばすと、手のひらの上にボリューム感のあるバストがのってきた。

俊介は冴子のバストを揉んだり、乳首をつまんだり、柔らかい部分に指を食い込ませたりした。あまり激しくピストン運動をすると、バストが揺れすぎて、手の中から飛び出してしまいそうになる。

俊介は冴子のバストのことをもっと知りたいと思った。そこには女弁護士の淫らな秘密がいろいろ隠されているような気がした。きっと彼女自身も知らない秘密があるに違いない。それを一緒に探し出すのだ。

俊介は一旦、冴子のヴァギナからペニスを引き抜き、京香の方に移動した。冴子の愛液にまみれたペニスを京香のヴァギナに埋め込んでいく。

「はああっ、待ちくたびれちゃったわ。でも、気持ちいい……」

京香のヴァギナの反応はいつも躍動的だ。ヴァギナが締まり、活発に蠢き、ペニスが更に奥に吸い込まれそうになってしまう。

京香からは女性の体の淫らさを教えてもらおうと思った。彼女なら手取り足取り教えてくれるに違いない。

俊介がピストン運動を開始すると、京香も自分からヒップをぶつけてきた。二人で腰とヒップをぶつけ合うと、ますます結合が深くなっていった。

俊介は京香がどんな種類の淫らさをそのセクシーなボディに隠しているか知りたかった。そして、彼女ともっといろいろなバリエーションのセックスをしたかった。

「あふっ、あふっ、あふっ、あふっ！」

京香の悩ましげな喘ぎ声が部屋中に響き渡っている。それはテレビでは絶対に聞くことができない彼女の本当の声だった。

俊介は冴子のヴァギナと京香のヴァギナに交互にペニスを突っ込んでいった。すると、だんだん、下半身の欲望と快感と興奮が膨れ上がってきて、もうこれ以上、我慢できなくなってしまった。

俊介はヴァギナからペニスを引き抜き、仁王立ちになりながらザーメンを発射した。激しく迸ったザーメンは、二人の女性の背中やテニスウエアやヒップに勢いよく撒き散らされたのだった。

◎『ふたりのお姉さまと僕』（二〇〇三年・マドンナ社刊）を修正し、改題。

二見文庫

美人《びじん》キャスターと女性《じょせい》弁護士《べんごし》

著者　真島雄二《ましまゆうじ》

発行所　株式会社 二見書房
東京都千代田区三崎町2-18-11
電話 03(3515)2311［営業］
03(3515)2313［編集］
振替 00170-4-2639

印刷　株式会社 堀内印刷所
製本　株式会社 村上製本所

落丁・乱丁本はお取り替えいたします。
定価は、カバーに表示してあります。

ISBN978-4-576-16119-8
http://www.futami.co.jp/

二見文庫の既刊本

はまぐり伝説

MUTSUKI,Kagero
睦月影郎

虹夫は、高校時代の恩師・由希子の招きで彼女の故郷を訪ねていた。その町では「蜃気楼を見て人魚と接触した男は性的パワーが増強」という噂だった。夕方、早々に蜃気楼を目撃した彼は、謎の美少女と出会って昇天させられ、以降、彼の女性運は急上昇。由希子の叔母、その娘——他と関係を重ねていくが……。人気作家による書下し官能絵巻！